吴长缨 著

Wu Chang Ying

>>> Zhu

浮云落在多伦多

Cloud of Toronto

九州出版社
JIUZHOUPRESS

图书在版编目（CIP）数据

浮云落在多伦多 / 吴长缨著. -- 北京 : 九州出版社, 2012.3
ISBN 978-7-5108-1399-3

Ⅰ. ①浮… Ⅱ. ①吴… Ⅲ. ①长篇小说－中国－当代 Ⅳ. ①I247.5

中国版本图书馆CIP数据核字(2012)第028549号

浮云落在多伦多

作　　者	吴长缨 著
出版发行	九州出版社
出 版 人	徐尚定
地　　址	北京市西城区阜外大街甲 35 号 (100037)
发行电话	(010)68992190/2/3/5/6
网　　址	www.jiuzhoupress.com
电子信箱	jiuzhou@jiuzhoupress.com
印　　刷	三河市东方印刷有限公司
开　　本	880 毫米 ×1230 毫米　32 开
印　　张	7.125
字　　数	156 千字
版　　次	2012 年 3 月第 1 版
印　　次	2012 年 3 月第 1 次印刷
书　　号	ISBN 978-7-5108-1399-3
定　　价	25.00 元

目 录

第一章　少时

妖艳的故事

1

这个城市的季节已经是秋天的末尾或者说冬天的开始。这个城市的名字叫多伦多。我终于开始觉得自己的一生其实是快乐的，因为痛苦或者说悲伤不过是快乐的一部分。

花园的墙上的波士顿爬藤红了以后比真正的枫叶还要鲜红。花坛里，黑莓和草莓互相纠缠着爬满一切空间。我把手浸在冰水中，我想起北京夜空的雪或者西安明城墙上的雪，合肥附近黄山的雪或者南京玄武湖边的雪。还有很多雪就这么像丝绸一样出没在我过去人生的梦境中。

已经半夜了，我又开始反复听我的前妻艾米留下的古典吉他曲《悲伤的叙事曲》，可能听了上百遍了。我觉得自己在这漆黑的梦境中，正慢慢地走过从前的山脉，那时候我总这么想，我还年轻，我就是我自己的山脉。这个世界是一种自我主义的风景和岩石。人只能依靠自己。那时候，我想，如果你正巧也站在中国的夜空下，如果你眯着眼，你会发现其实任何夜空都蔚蓝如一个正午。

这么多年过去了，如果我对你说生活其实就是一种梦境，也许你不会完全同意我。就像我自己，也从不会完全同意自己。我也常常对自己说，生活就是一种现实。我们必须妥协。有时候走在多伦多阳光万丈天空遥远的大街上，我会情不自禁地轻掐自己的肉。

很奇怪的是，有的时候，我真的会一点痛感都没有。所以，那刻，我要叙说，生活就是梦境，还是一种解释，感觉上如山如绸般庄严。

1981年，那时候我还是少年时代的黄翔。我刚刚开始发育，我喜欢读普希金和雪莱，崇拜诗人死于为爱情的决斗。半夜我会梦遗。梦遗的时候，我会同时梦见半人半狐的女人，从山中走来。我还会梦见成熟风韵犹存的女英语老师不厌其烦在布置考试事宜。

那时候，我总在梦醒的时候，爬起来偷窥对面楼上我的同班女同学寒冰。我知道，她就是睡着了，也会开着灯。只要窗帘上会映出女人的倒影，我则可以区分哪个是她，哪个是她丰满妖媚的姐姐，而哪个又是她那担任我们共同的英语老师的妈妈。

应该不能说寒风是我生命中第一个女人，她只不过是我启蒙时代的一个对我含有特别意义的异性。现在，我几乎已经想不起她具体的样子。我没和她有过任何身体接触。但我却为她几乎弄瞎了一只眼睛。那时候，我总是这么责怪自己，这是因为我在年少时代偷看过多。

2

在这个名叫多伦多的城市里，一年有五个月要开暖气。这里这个名叫黄翔的中国男人，目前已经朝四十冲刺。但年少时代，他被同学称为神童。

小学三年级的时候，我写的作文就是五年纪同学们的范文。语文老师甚至要求他们写读了我的作文后的读后感。读完三年级，我就以全县升学考试前三名的成绩直接升入中学。学校板报上甚至这么写着，长征路上大步跑，实现四化学黄翔。

我还没有年满十六岁，就以全陕西前二十名的高考成绩考入科大少年班。如果不是在我考物理的时候，电视台的记者对着我的背影一阵乱拍，让我出了几个昏招，再加上我不久前，眼睛受了严重的创伤，也许我也能弄个陕西的什么元当当。

那时候的我喜欢中医、星相和生活中的任何的神秘主义。中学时候，让我最吃惊和崇拜的一度就是爱因斯坦的相对论和古代《诗经》。我还喜欢给别人号脉，因为那样我会觉得可以听见别人的心灵加内脏之声。那里面，总是似乎有人，在我们的身体深处活着，在血液里走来走去，类似我现在在这部如山也如绸的小说里走来走去。

去年，我和一个金发的俄国女移民开始同居。那个女人，曾经被我称作我生命里最后的一个女人。她有一头接近银色的漂亮长发，还有一对长腿。总被我戏称是多伦多桌上舞第一人选。不过她在这里的真正工作，是在一家大超市卖服装。

我喜欢她，因为大家之间，更多的只需要身体语言。身体语言其实是梦中的第一语言，在梦里，我们总是张开嘴，却什么也说不出。

我是在街对角的酒吧里认识的她，我叫她安娜。因为我知道有一个同名的经典的俄国小说中女主人公人也叫这个名字。我爱安娜，是因为，我觉得男人和女人之间，不说话的状态最优美。我总觉得语言太说教，只能在写小说的时候才能被无限制使用。

九年的多伦多生活，期间又回归过中国一年，反反复复的几次飞行，穿越太平洋和加拿大辽阔的原野，候鸟一样的经历，如今更让我在生活中喜欢沉默不语。我最难受的时候，其实也就是最快乐的时候，那时候我就游走在和你们的对话中。

在开始述说这个故事的这天，安娜，这个所谓我生命里最后一个女人，也离去了。其实，她在这里的时候，我才更加感觉孤独。女人，不仅仅给我们带来快乐，还有的就是孤独。

少年时代，我喜欢别人叫我诗人黄翔。因为那时候我真正崇拜过艺术和科学。那些年代总是像鸟一样偷偷地站在我肩头，然后又像彗星一样快速消失在地平线后。在多伦多，我也有个所谓的没法律意义的英语名字麦可。老外邻居们则永远叫我飞舞。飞舞这个不男不女的名字其实我也就在网上用用。我对飞舞的进一步解释就是梦境总是如山如绸般地飞舞。

在这里，我最喜欢多伦多的冬天。我喜欢厚实的大雪，给人的感觉很厚道。我总是在下大雪的时候，回忆我年轻时代和中国或者艺术。我以为我的中国生活是我的上半身，国外的是我的下半身。有时候，我会混淆记忆，在记忆里面，我人生中所有的女人和所有的朋友甚至敌人，会出现在同一个派对里相互拥抱相互祝酒。那时候，我会念叨，对于他们，我的人生，不过是他们的背景或者背景音乐。我是音乐，这想法让我偷乐。

不过今年居然是一个罕见的暖冬，直到现在，多伦多，还没正经地下过一场大雪。我总是想，等雪来了，我的故事估计也就到了高潮了。

3

说说我的祖父吧。他的出身成分是工人。其实，他不过是一个隐名埋姓的逃亡国民党军官。他从湖南跑到陕西西安。先在临潼，就是那个以兵马俑和杨贵妃温泉闻名世界的地方。后来又去了西安。再后来退休了又回到临潼。那时候，临潼还只是一个县，不属于西安。我的童年时代，的确住在临潼，推门就可以看见形状如一匹窝着的骏马的骊山。这座山是死火山，但我总觉得也许哪年它会在半夜爆发。

古时候，隋唐时代的英雄秦琼，十三条好汉里的最后一条，就是在这座山下开始了他的江湖逃亡和造反生涯。这座山还以烽火戏诸侯，和西安事变中的捉蒋厅而闻名。现在看来，一个君王，能那样用点燃全国军事信号烽火去取悦女人，一定是一件很艺术的事情。所以，那个皇帝，本质上一定是一名优秀的行为艺术家。

等我的祖父很老的时候，或者是死以后，爸爸才告诉我真相。原来，祖父年轻时候，跟随过军阀冯玉祥，还做过国民党的上校武术教官。他以当铁路工人幸运地躲过了几次国内的清查运动。

我最清晰的记忆，是祖父一生最爱的书是《三侠五义》。他死在“文革”后期。但我总记得他似乎和伟大领袖毛泽东在同一年去世。那一年，我被要求要痛哭很多次。

在我们欢庆粉碎“四人帮”的日子里，我总在梦里看见刚刚死去不久的祖父像飞天鼠白玉堂一样飞檐走壁般地回来看望他的孙子。我还知道，他最大的一个遗愿就是他的后代绝不能练武。因为他觉得练武已经很难在现代社会里有大出息。

他总是说，你再快能快过子弹吗？当然，在当今好莱坞电影里，比子弹快的人已经上演了续集。那种飞舞着躲避子弹的画面，让我连发白日梦寐。对祖父的这句话，我现在还有一个新的理解。那就是，你再活，能活过这种小说般的梦境吗？

4

其实，我早已经不记得祖父究竟是在什么时候走的。其中的一种记忆是其实他走在“文革”的开始。那时候我刚刚出生。但我的记忆里依稀还有他的踪影。我记得他有时候会打我，因为怕手太重，所以总是用一根细细的绳子抽。还记得有一次，我打烂了一个他所谓的明代花瓶，被他像小鸟一样，一把就扔到了我们家住的平房的房顶上。

我的记忆里，总是有无数道路绕来绕去。我就我的心情挑着路走，也挑着对你们叙说我的无尽的快乐梦境。我要感染你们。这是我活的意义之一。还有请大家必须注意的就是，在我的这个小说里，快乐和痛苦是同义词。我是看哪个顺手就用哪个的。

祖母死得很早，这点我很确切。所以在我的记忆中从没有出现过她的样子。只知道其实她不过是祖父的小妾。祖父有过四个老婆。小时候，因此，我断言他老人家，其实就是一个老流氓。

祖父活着的最后几年，离家出走过几次。据说是去寻找他过去还可能在世的女人。但我关于童年的记忆实在混乱。可能，他早已老得不能离开床了。所以，我的记忆像一个迷幻的森林。那个老人也许就是一个矮小、沉默的孤独老者。他的身子骨根本不能去飞檐走壁，也根本不可能把我像小鸟一样向屋顶抛去。

所以家里面，也从没有过那个如今可能估价会上几百万人民币的明代花瓶。虽然我妈妈一说起我经历的不是，除了说当神童，就会提我小时候犯的那个毁灭祖业的终身大错。她说，那时候，她总是用那个明朝花瓶插鸡毛掸。因为多年“文革”，大家早已经因为破四旧没有了任何文物意识。不然的话，也许祖父会因为我的错误，真的把我像一只小鸟一样一把轻轻捏死。

5

小时候，我就曾经无意地偷窥过女人的裸体。那时候，去临潼的华清池泡骊山温泉，如果是泡大众池，只要三分钱。最早进华清池大门不要钱，后来是三分钱。如果你说是去洗温泉，那就不要门票。

有一次，我爬上那些雾松下的单间浴池的屋顶，那些房子是平房。现在则早已不再存在。我发现每一间的顶上就有一个孔，冒着蒸气，透下去，就可以看见下面洗澡的人。看见了年轻的女人，我就会停住几秒目光。这大概就是所谓天性。虽然，那时候我只有九岁。但就这样，看见了陌生的裸体女人，还是觉得非常紧张非常快乐和有犯罪感。

戴戴和老水童年时候就已经是我在临潼时期的玩伴。奇怪的是，等我家搬回了西安，他们家也先后来到了西安。我们依然还是铁一中的同班同学。那时候的西安铁一中，还没有现在的铁一中有名。

去年，我在网络上看见中央电视台有关铁一中的新闻。说去年一年，西安铁一中，考上清华北大的就有五十人之多。学校还把他们的照片全部张贴了在校园的光荣榜上。

当然，这不是中央台报道铁一中的新闻起源。源头是一件学生凶杀事件。铁一中的一个慢班班长，一个决心考军校当军官的男孩，蓝球打得不错，在高考前夕却极其变态地奸杀了自己美丽的同班女同学。他还把对方的尸体塞在了洗衣机里。他叫她来他家的理由是帮他调解一下他和他家人的矛盾。

我和戴戴老水那一年，我们全校一共也就五十人考上了大学。

但更奇怪的是，我和戴戴和老水居然都一起都考上了合肥的科技大学。同去科大的，还有另一个同班女生吴柔。那年头，科技大学在陕西的取分远高于北大清华。现在却名不人前五了。

还在我九岁时候带着比我大两岁的戴戴和老水一起去临潼华清池去偷窥女澡客的时候，那时候我就觉得，虽然我们三个人，个性区别很大，但有可能会做很久很久的同学。那是个预感。那天的我，就像发明了中国的第五大发明。

戴戴则是一脸不屑，说又没有天姿国色的杨贵妃可看。老水则一本正经地说，这将对我们的性启蒙有好处。其实，私下里，那时候的我们也常谈论些男女之事。我们总是想像男人和女人是如何做那事情，觉得很是一个悬念。

我们总的理解，就是男人对女人是用一种力量去表现爱和恨的，男女做爱就是另一种拳击。那个年纪，我们自己的器官还不能变硬。又在那么个还刚刚开始开放的年代，这样的看法也真算是超前了。

6

在西安铁一中时代，我和戴戴和老水常是班里的前五名。当然还有以后同是科技大学校友的女生吴柔，吴柔则老考第一名。后来，她成为当年的陕西高考状元，成了铁一中永远的骄傲。

还记得，那时候，班主任赵老师最积极做的事情，就是在期末考试后张贴班里的名次排列和开家长会，成绩成了我们未来人生能否成功的唯一评价标准。

其实那时候，我的作文就已经写得很出色也很出格。我已经会在写《最快乐的一天》这样一个题目的作文里，提到暗恋、发情或者看《红楼梦》里面的性描写的心得体会。语文老师那时候则根本没感觉出我在未来有写作如山又如绸的梦境这样的长篇小说的潜力。他总觉得我的作文不是抄来的就是在发白日梦，高考时候这么写肯定得零分。我的人生也肯定完蛋。

班主任赵老师是一个风韵犹存的离婚的中年美女。但她的女儿寒风也就是我对面楼上老被我偷窥的女主角。就姿色严格来说，寒风最多也在我们班上的女生里排个前五以外前十以内，可能她遗传了更多她爸爸的外表。也许因为我总是偷看她的窗上剪影，所以我心里总是对她抱以一种极其特别或者说古怪的感情。那种感觉，说远很远，说近很近。

生活中，寒风在不认真学习的时候，最喜欢做的事情就是色迷迷地看班上的男生们。她总是盯着看，目不转睛的样子，好像要把你吸进她的眼睛。她也那么盯过我。现在分析，她那样做也许是有点小花痴，或者称为青春期的迷惑。因此，戴戴还给她起了一个文雅的外号，叫“凝视的女人”。而她回敬了戴戴一个外号，是“鹰钩鼻”。戴戴虽然长着严酷的鹰钩鼻，其实却是一个很温暖很温柔的孩子。

有一天晚上，我和戴戴和老水挤在学生宿舍的一张床上过冬。幸好我瘦小些，不过三个人还是没人愿意主动睡在中间，当“肉夹馍”的中间一层。那时候还不流行同性恋者概念，所以做兄弟挤着睡的感觉很好。我问戴戴他喜欢班上哪个女生，没想到他脱口而出居然报的是寒风。看来，被女生反复凝视还是有效果的。然后我们问老水他的偶像。老水怎么也不肯说，最后被我和戴戴用过冬菜白萝卜一顿轰炸，打到寒冷的室外。

老水短裤背心，人生彻寒，终于在门外不得不承认，他也喜欢或者说爱上的是那个“凝视”。他报出“凝视”的时候，我觉得很难堪。因为，我总是在夜晚，不怀好意去偷窥好友们的心上人。就我自己，也被寒风凝视过。

7

戴戴出生于一个军人家庭。父亲在临潼附近的驻军某某军做一个团政委。母亲是一个家庭妇女。不过“文革”最火热的时期，据说他母亲那时候在西安做大学老师，擅长辩论。戴戴妈妈那时候，常常能口若悬河十个小时。能背诵毛主席的语录也是全西安最多最长。所以她是一个“造反派”的三巨头之一。看来，戴戴记忆好口才好就是由她遗传。

戴戴父亲，在一个风高星夜，带枪去押解了她回家。让她坚决地退出了革命的历史舞台。那时候“造反派”的使命即将结束，不少人因为站错方向而进了监狱。

从此戴戴的妈妈掩埋雄心，做起了全职家庭妇女。所以，她把人生所有的希望都寄托了在从小就聪明过人，也写得一手好作文的戴戴身上。

戴戴父亲参加过抗美远朝，一开始是一侦察连的连长。一次去执行任务，他埋伏在雪地里，被冻掉了三个脚指头。伤愈后改做文职宣传工作，最擅长发表山东快板之类鼓舞士气的军事文学作品。当然，他的主要工作是发掘和描写志愿军中的英雄人物。传说中有一个上了中学语文课本的英雄最早就是戴戴父亲从广大牺牲者中发现的，并做最早报道的。

不过，直接和美帝国主义肉身搏斗过的结果是，戴戴父亲对美国的感情，变得非常非常复杂。中美建交那天，他喝得酩酊大醉，还幸福地流泪。

戴戴父亲对美国的感情，简单的解释就是一种又敬又恨。多年后，戴戴留学美国，最支持的就是他爸爸。因为他觉得美帝国主义一方面是纸老虎，戴戴去了美国绝对有竞争能力。另一方面，又是先进国家的绝对代表。

也许，他永远忘不了朝鲜战争中，美国人先进的武器，飞机和两栖登陆舰吧。等后来，他转业去了西安，做一家国有企业的人事处处长。当他们公司的产品被一家中美合资公司的产品彻底打败后，戴戴父亲光荣下岗，戴戴正好在斯坦福大学读完硕士。下岗后几天，他就坐在了去美国的飞机上，去参加戴戴的毕业典礼。云海上，不知道，这位老志愿军战士，在飞进美国的时刻，应该是一种怎样的光荣与惭愧的心情。

老水的爸爸在西安当警察。但他的家一开始也安在临潼，他爸爸每周回来一次。后来和我家一样，都全搬去了西安。现在，临潼只是西安的一个区，高速公路上，几十分钟就到，类似我从多伦多开车去密西沙咖。

我头一次见到老水的爸爸是在我家搬去西安后的一个春节。那时候他正和几个朋友在打麻将。我看见桌上堆了不少钱，心想，警察赌博，估计是只有军队敢来抓了。

老水，还是我看见的最早抽烟的中学学习成绩还算优秀的同学。那还是我们初三的时候，他一边在厕所里吞云土雾，一边抨击中国的教育体制。那时候真没想到，现在，他已经是北大博导，成为他少年时代抨击的东西的维护者和受益人。

8

少年时代类似我一生的清晨微风。我总是偷偷怀念那个时代。因为我觉得那时候的我，真的很单纯，还没有被金钱世界污染的任何痕迹。虽然缺衣少粮，能穿件崭新的的确良军装都是光荣，但我怀念它，怀念那些黄军装，蓝大褂的朴素岁月。

由于戴戴出身于军人家庭，所以他总能穿一些让大家羡慕的军装，还能戴军帽上学，让我和老水很嫉妒。有段时间，他总是说，也要给我和老水弄两顶新军帽，却一直不能兑现诺言。

结果，老水，决定带我去骊山去抢军帽。这是我早期人生中，除了和戴戴老水一起去石榴园偷石榴被陕西老农举着鱼叉在身后追杀外的另一次“犯罪”行为。那天，带头的是老水的哥哥。他哥哥身上还带了根三节鞭，并偷了副他的警察爸爸用的手铐。我们在山上转了半天。最后抢到两顶，一新一旧，旧的那顶还是从西安来爬山的一女学生头上摘的。

我们还在半山腰看见了一对情侣半裸着搂抱着躲在一棵松树后。记忆中，当时我太紧张了似乎根本就没看清那香艳的场面。老水说也只看见了他们在接吻。而老水的哥哥非说是他看见了他们是在做爱，一个人用东西捅另一个人。

这是我人生中第一次听到做爱这字眼。当时老水哥哥的具体用词可能还没这么学术。估计是用的另一个更糙的用词。再后来，老水哥哥回到临潼铁中，逢人就说看见了西安来的城市青年在骊山上做爱，被他用扔石头惊散。可笑的是，他们俩粘在一起分不开了！在这里，我不得不佩服老水哥哥的想象力。也许，让他代替我来写这个如山又如绸的梦境，在细节上，一定会比我出彩。

抢军帽下山的时候，我们遇见了举着两顶新军帽的戴戴。他被那次偷石榴中的陕西老农的鱼叉吓怕了，觉得应该坚决阻止我和老水的行为。那年头，还严打过好几次。有几个坏青年，据说仅仅因为抢十几块钱，拦路对女孩子耍流氓，就被枪毙了。

9

在西安读中学，让我的感觉我的大脑会开始出现莫名其妙的东西，类似目前这种似梦非梦的境界。也许那就是初级梦境。高考是一座人生大山。但高考其实对我没多大压力。我觉得我去上名牌大学就类似去街边吃烤羊肉串吃肉夹馍那么简单。

前几年的某一个月，中学同学在西安铁一中搞离开中学二十周年纪念活动。就在我们高三时候用的教室。我听说，除了外地和国外没回去的，留在当地的同学，只有寒风没去。没有人知道寒风的下落。那个活动是她妈妈我们的旧班主任主持的，但她也不知道女儿如今的下落。或者是她不愿意说。有些伤害是一生的、致命的。同学中，基本还会有个消息。例如我，大家都知道，如今，神童诗人黄翔虽然跑来跑去，目前却活在多伦多的某个冬天里，睡睡大觉，等等雪花，写写心灵史。

其实，这个喜欢疯狂凝视男生叫寒风的女生，二十多年前，就显示出了她的人生和其他积极考大学的同学的巨大不同。我记得，楼下总有流里流气的慢班男孩，半夜骑在墙上，喊她的名字和吹口哨。我还看见过有一天下午，在不远的玉米地里，好几个流氓男生，围着她，似乎在摸她。那天的玉米地，叶子招摇，类似诗歌一行行地长满在那些玉米含苞的西安南郊田野。

我把这些事情，告诉戴戴和老水后，老水气得一个月没睡好。学习成绩起码每门课平均分下降十分。他就差告诉他的警察爸爸去玉米地打埋伏抓流氓了。

于是，由我捉刀，老水给寒风写了一封情书，说要做她人生的永远的保护者。下晚自习后，由我和戴戴拦住寒风去交给她。我依稀还记得我在情书里的写的一句话，那就是：“你的倩影是我的温暖。你的目光，是我的梦境。”这应该是这位写作梦境的文人的最早的文学作品。当然，如果不算他在八岁的时候，因响应领袖的号召，写的批判古代文学里的投降派宋江的八首打油诗。

没想到，寒风把那情书上交了她妈妈。她说她的人生只属于她自己不需要任何人的保护。最没想到的还是，那情书忘记了署名。结果赵老师召集我们三人开会，要弄清高考在即，这三人到底谁想早恋。我首先被排除怀疑，因为我小他们两三岁，那时候还没有寒风长得高。

赵老师说，感谢有人喜欢她女儿。但现在的关键是高考要紧。别的事情等长大了再说。我当时心里就想，老水总比那些小流氓更合适她女儿。也许，人生里的合适与不合适，不是外人可以随意判断的。就像说，在多伦多，我和那个俄国女人合适不合适，只有我自己知道。

10

一个月后，在学校元旦长跑中，我还骑着车子，半路拦截给气喘兮兮的寒风送上了老水的新年礼物巧克力。我对她说，那是老水给她的加油糖。老水则在前面为班争光，奋力冲刺，跑了全校第一。

新年联欢会上，班主任赵老师，当着全班同学的面，为大家分食了那些爱情巧克力。巧克力被一版版分开的时候，我知道，那一刻，不光老水的心碎了，我和戴戴的心同时也在发出破裂的声音。

高中时期，我虽然长得瘦小，但却一致被同学们认为是思想最黄色的小老头。戴戴则叫我大闷骚。事实上，他到去真正地早恋了。同班大美女王凤在一个风高月夜，先是说骑车带他一程。后来就在荒野里直接把他搂进怀抱，夺去了他宝贵的初吻。所以，一旦他说我大闷骚，我则反击他才是真正的大骚货。骚货，据说还有诗人的意思，不是有《离骚》呀。不过戴戴也真会写点押韵的古诗词。他总是讽刺我写的现代诗不押韵。

高二那年，语文老师终于为我的一篇作文大发雷霆。因为我在一篇叫《进军四个现代化的日子里，你在做什么》的作文里面这么描写，我的一个同学的母亲有可能在香港做过妓女，所以她被遗传得走路的样子里有一种强烈的风尘味道。当年，我就是这么在自己有关国家未来的作文里这么议论水蛇腰的。我自以为的超现实小说写法，被语文老师认为，这是我对现代女性最恶毒和下流的人身攻击。他很激愤地在全班宣读我的黄色描写，说我意识深处很坏，不光闷骚，长大了就是大流氓一个。他这么说我，让我想起来，小时候在听见祖父有好几个老婆时候的时刻。

全班同学那一刻应该都有点幸灾乐祸，因为他们中的大多数被我这闷骚压抑久了。我总是在考试半个小时后提前交卷，而长我两岁多的他们还在埋头大汗般地努力奋斗拼搏。然后，语文老师又当场阅读了戴戴的作文，说大家都要像他那样围绕中心思想旗帜鲜明地写，高考才能得高分。

最后，语文老师让全班同学表态，我平时是不是很流氓，值得大家深刻地批判。戴戴却站了起来。他真够哥们，他说，虽然老师表扬了他，当他还得说，黄翔目前发育还没完，身体上就让他不可能是流氓。他也就口头流氓了点。

然后站起来的还有老水。他说，老师老师，求你就别搞“文革”那套了。接着，就是把我送的巧克力情物交公的寒风。她说，黄翔是少见的神童，值得大家尊重他的个性。

那一刻我看见语文老师的嘴唇在发抖。我听他说，就是神童也是流氓神童。

那会，我的腿被语文老师的气势吓得也有了些发抖。我还是站了起来。我清了清嗓子，大家没想到的是，我马上立刻，就承认了我的重大人生错误。我比较狡猾，我不想和我一贯过不去的语文老师以后老给我的作文打低分影响我在班上的考试排名。我对全班同学做了深刻的检讨，从心灵深处开始，就差忆苦思甜地说说旧社会了。

我说，以后，我再也不在作文里写什么妓女、爱情、调逗之类的黄色词汇。我要向人家鲁迅学习，只写孺子牛般的高尚语文。我坐下来的时候，听见寒风在一边说道，没出息的男人。我回她一句："有没有出息，二十年后，骑驴看唱本。"

11

一晃，已经二十几年过去了。昨天，我和如今在美国加州英特尔公司工作的戴戴通了一个电话。我们谈了很长时间，还说到我因为知道因为戴戴在英特尔公司工作，我特地投资过不少英特尔公司的股票。结果在美国科技股泡沫崩溃的时候大赔了一笔。我们几乎没提到任何少年时代如山如绸的往事，那些故事目前不伦不类，已经是我们俩谈话的禁区之一。

和他打电话的时候，忽然我感觉到了我左眼的疼痛。虽然我心里明白，那里现在一般已经没有了生理疼痛。这么多年，这只眼睛居然在受创后从视力 0.1 一直上升到了目前的 0.8。这也许就是我人生真正的勇气指数。

因为这只眼睛不怎么好，我读书或者看电影，开车的时候，都喜欢眯着这只眼睛。我的前妻艾米总喜欢这么说，说我这样子就像一个需要经常瞄准的职业特工队。

年少时代，有一刻，我以为这只眼睛就要熄灭了。当那块砖头扑上来的时候，我，看上去不过是一个人生空洞的纸躯壳。我没有任何勇气，只有没有了血液的心在惊恐地空跳。

那是在高三，即将考大学前两个月的初夏里。玉米们还不是长得很高。类似刚刚开始遗精的我，一个号称是有关诗歌与科学的瘦小背影。

那天下晚自习，我不直觉地又跟在了寒风的背后。我喜欢尾随她走路，我觉得她走路的姿态很好看。或者也许我已经偷窥成瘾。我觉得默默地看着她扭动的背影会有一种莫名其妙的快乐。她就是那标准的水蛇腰。

12

那一会，离我们俩的家其实已经不远。我们就住在那黑暗中的平房和楼房间立的铁路新村。我们走过我们每天必然路过的那片玉米地。白天，我们沿着这里，还能看见不远处孤独的大雁塔和暗淡的秦岭群山以及寂静的陕西西安南郊旷野。

当黑皮老四和其他那几个小流氓围住寒风的时候，起初我还是有一星星的男人气概的。我听见了寒风的呼救，我摸起那块砖头走了过去。我想喊他们住手。但那声音太小了被压在了舌头下，就是说出来也似乎不过是在哀求他们。

但当我看见黑皮老四手中的贼亮贼亮地闪光的尖刀后，我的手居然就松开了。砖头先落在地上，后来又经过黑皮老四的手落在我的眼睛上。我听见黑皮老四喝令我蹲在原地，不许叫喊，不然就捅了我。

我真的就蹲在了原地，一步也不敢再挪动了。我在默默地哭泣，也不敢出声。四周全是玉米叶子的哗哗声。我听见寒风喊我快跑，去叫人或者报警。但我的腿全软了，我动不了，一点也动不了。我的手缝间流着水一样的血。那种气味让我窒息和恐慌。我一点也挪动不了我自己了。我被定住了。我失去了我。我对自己说我只不过是一个稚气神童，不是一个成熟有力的大男人。

他们在不远的地方残酷地轮奸了寒风。我听见夜风中的尖叫，和快速地掠过那些涩涩发抖的玉米地后落在地上的所有诗歌。后来我才知道，那时候，寒风其实还是处女。以前，她只不过被流氓们摸过胸而已。

我就一直那么蹲在那里。手里充满了诗歌般的眼泪羞愧和血液。

事后，还是寒风提着裤子回去叫人，把我送去了医院。

再后来，黑皮老四判得最高，是二十年。我的左眼一度几乎失明。但我和寒风还是坚持参加了高考。我的小聪明继续发挥出巨大能量。我还因为见义勇为而获得二十分加分。我和戴戴老水和吴柔一起考上了科大，我上的是少年班。我还没满十六，赶了一个末班车。而寒风却连中专线都没够。她的政治据说考了零分。因为她觉得她的人生从此没有了光明和政治。

而我，则觉得我的人生从此失去了勇气。得知高考得分那天，我毫无喜悦之感。觉得人生有些悲伤和孤独是必然的。这种悲伤孤独加起来就是所谓的快乐。我要去寻找属于我的快乐了。我要长大。我还有个预感，觉得合肥又远又冷，觉得神童们去了那里后，不见得个个还神。

不是因为戴戴和老水都去这个学校，也许我的大学人生也会有其他的选择。

第二章　科大

青年期的蝴蝶　总是色彩庸俗

青年期的城市　在半空中瓦解

1

在梦里，只要想起合肥，我总是会把它和另一些城市混淆，甚至混淆于小小的临潼县城。有时候，我仰头看见多伦多天空中飞舞的鸽群，灰色的那些，也会让我想起合肥。合肥的中科大，如今在网上被人戏称为裤子大。

这个当年中国取分最高的大学，如今的风头，远不如北大清华，甚至南大。只有在海外，呼喊一声“裤子大”，才发现，多少科大弟子，原来都鸟散在了世界各地。不过，出于个人原因，我从不对人承认我也是曾是“裤子大”弟子。

其实，从我个人角度，科大少年班，我一直以为，也是一个金玉其表，败絮其中的地方。那里虽然号称神童辈出，但把一些发育不良甚至还没有发育的少年男女，关在一个大学里，进行学习和考试的比赛，是非常反人道的行为。所以，我总对别人说，那里从没有出过一个真神童，全是只会考试的假神童。

中国，今年最流行的一个电影名叫《满城尽带黄金甲》，是陕西老乡张大师进军商业的又一巨献。里面用了大量黄金和菊花，来描述这种感觉。虽然，我认为，这电影本身其实也是这么个金玉其表、败絮其中的东西。因为这个电影的本质也是反人道。台湾李安大师拍了同性恋得了奖，那张大师就只好直接去拍乱伦。当然，里面也有让我震撼的东西。那不过是其中的一首歌的一句歌词，那句词是:“我一生在纸上。”白纸黑字的人生，那里面又有多少真真假假，能让我们分辨。

我一直认为虚假充实着中国文化和中国故事。也许中国人都是天生的和我一样的小说家吧。例如，我小时候在临潼和戴戴老水一起捧着收音机追听的长篇评书《岳飞传》，今人考证，他的故事都是他的孙子在《宋史》里真实加虚构，大量发挥而就的。如果能把历史当小说来写，那岳飞之孙的手法一定可以为我们华人豪夺诺贝尔文学奖。据考证，岳飞他老人家其实根本不是无敌大将，不过是一性格暴躁点军阀作风的南宋将领。他抗金是真，但历史上根本没有大破拐子马、朱仙镇大捷，也根本没有枪挑小梁王或者十二道金牌。岳飞最大的胜利是杀金人五百。岳飞被叫做“岳爷爷”也是因为他总是枪挑金人的汉人炮灰，那些汉人被金人抓去堵枪眼。连我最喜欢的《满江红》也是明人的伪作。

我一直以为传说中的科大少年班也是这样金玉和败絮。尽管里面出过我后来最以为骄傲的杨杨杨院士，北京“大前门”总裁。人们总是看见其中的成功者，觉得中国的天才是全世界最优秀的天才。如果真的要说他们是天才，也许也只是中国特色的考试天才而已。的确，我的少年班同学们，不少成为了科技界的海外精英、国内栋梁。翻翻网上的同学录，里面博导、世界 IT100 强公司员工名单一串串。但其中也不乏出家的和尚，失业的硕士，还有无名的退学者，和目前这个在多伦多只能靠写点有关梦境的破记忆或者血泪史度日的前陕西神童黄翔。

所以，我个人是绝对反对任何超前教育。我对自己许过愿，说如果我有自己的孩子，我一定要让他在25岁以后再去读大学。自然的成长，才人道，也最重要。

2

不过，正是这所谓的云集全国神童的故乡科大少年班，当年还是让我知道人类的智慧真的是人外有人、天外有天。记得开学不久，老师召集大家谈理想。大伙们个个小小的年纪，发育不良的样子，说起理想，却都是剑指诺贝尔物理学奖、医学奖或者数学的菲尔兹奖。准备破解哥特巴赫猜想的就有好几位还流鼻涕的少年弟兄。

问到我，我则懒洋洋地说，既然这些世界顶级的科学奖都被同学们分完了，那我就去把诺贝尔文学奖弄回来玩玩吧。奇怪的是，大家居然都没笑。

他们太当真。这里的竞争气氛因为沾染了孩子气显得非常古怪。原因就是大家把成绩都太当真。他们认为人生就是那些考试分数，嫉妒和猜疑终于成为了我们学习生活中的另一个主旋律。

以前我总以为我的记忆力很好，结果发现神童同学们里，记忆好不是指我这类的小聪明，而是指看一篇文章一次就能会背的。记忆更好一点的是可以背全部《牛津双解英汉词典》。

而公认记忆最好的是一个来自武汉的只有十四岁的女同学杨杨，

她入学后依然能对中学语文课本里的所有古文都可以倒背如流。真正的从最后一个字开始背诵。每当她炫耀这一绝技，我总以为是她在背另一种优雅的《诗经》。她还准备把全本《红楼梦》背下来。也就是这个阶段，我有关自己智慧的信心开始彻底崩溃。我觉得自己的记忆力很差，还混乱。任何生活其实精华部分都是那些最混乱的梦境。

如今，我几乎和我少年班的同学们都没啥来往。我是那个班里的另类。后来，我被大家称为了失败者，我狼狈地转学去了南京大学中文系。我只有两个少年班朋友，现在还有联系和来往。一个是如今在多伦多大学当数学教授的毛金，我和他日后重逢在了异国他乡重续友谊。另一个就是那个能倒背中学语文课本里所有古文的杨杨。杨杨现在在中科学院当博导，不久前成了中国最年轻的女院士。她看起来似乎永远十四岁的样子。我前几年去北京看她，看见她矮矮的、孤零零地站在几个高大硕士博士生中间，对着我，犹如二十世纪八十年代的合肥一样嫣然微笑的时候，我禁不住上前拥住了她，不肯放开。

也许是忽然发现自己的小聪明在残酷的神童精英们里玩不开了，几次摸底考试排名中下后，我忽然间对传统的数理化失去了最后的兴趣。科学是什么？爱是什么就什么。我不再关心科学。那段时间，我开始喜欢摄影，我经常一个人去黄山拍云海和雾凇。突然间，我成为一个少年班劣等生。

我还开始学习下围棋，决心在三个月内击败另一个全国著名的第一代少年班偶像，如今酷爱围棋的宁老师。宁老师去年以出家再次闻名全国，他自己注册的同学录里只有他一个人，现在的地址一栏则写着出家。第一次出家，他落身名山，被科大带人去抓了回来。第二次，他终于成功隐世，再也没有科大的任何同学老师能够知道他的下落。拿围棋俗语就是孤棋成功脱逃。

我总是在多伦多的灰鸽子眼神里，在想到合肥后，再想到那个如今已经剃度了的老一代著名神童宁老师。我想象他在古松下研究围棋和佛法，还想起，我离开合肥前和他的那三场硝烟弥漫的围棋生死大战。

我还记得在少年班时，我曾遇见过那个在大学宿舍骗牛仔裤穿的以写中国钥匙闻名的安徽朦胧诗人梁晓晓。在送给他两条牛仔裤后，我得以翻阅了他所有的成名之作。他最迷恋的两个词汇就是地主和生产队队长。除了下围棋，当时我很快又有了另一个决心，那就是成为神童版的北岛顾城。

不务正业的结果让我几次数学物理考试都不及格。我还因为常常去弄摄影，下围棋，去诗社朗诵晚了回宿舍，被不喜欢我的同学们关在宿舍外面。他们坚决不开门，而我则也懒得大力敲门去损坏公物，我就在走廊上席地酣睡。我还开始给戴戴如今在西安交大读书的前女友王凤写似是而非的情书般的信。我为他们的分手而惋惜，但信里也毫无有取代戴戴做她男友的勇气。

3

我还把我给戴戴前女友王凤的信给班里最同情我的毛金和杨杨看。那时候，毛金有时候和我一起参加科大诗社的活动。他总觉得他将来肯定可以编一个软件而取代这些神经兮兮的校园诗人。而杨杨，则是我的围棋老师。原来她在武汉的时候，在省围棋队受过训，实力是大概围棋职业一段如果，不是她父母觉得还是应该去学好数理化，走遍全天下，杨杨要是还能继续她的围棋生涯的话，也许当今中国围棋女王芮大师可能也就能像马大师一样只能弄个女子界的千年老二当当。

杨杨每次看完我的信，据她说，会对我产生突然的善意和好感。那时候，她会和我下一盘分先的指导棋以示鼓励我那朦胧的感情。其实在我奋发学棋半年后，她让我三子，也还是绰绰有余。

戴戴进了科大的现代物理系。同样，当年我们西安铁一中物理界的传奇人物，全国物理竞赛一等奖获得者戴戴，在遭遇无数全国物理精英后，也终于风头不再，只能够混了个学习成绩中等。王凤则在我们的故乡西安的西安交大读书，她擅长排球、蓝球和七项全能，都是校队当然的代表。由于姿色出色加上能跑能跳，她成为西安交大当年的著名校花、舞会皇后。

当她遭遇了太多的追求者后，自然就慢慢遗忘了远在合肥的前青梅竹马戴戴。就是在信里，看到我提到如今在科大苦练小提琴技艺的戴戴，她回信里也只是轻描淡写地说了句，他还在做中国版的爱因斯坦的梦呀。

我还试着给“凝视的女人”寒风写信，她没有和其他没考大学的同学一起在铁一中复读，而是去了一家银行上班。第一个赚起了工资。第一次，我收到了她的回信，让我代她向戴戴和老水问好。老水在她出事后，郁闷得得了胸肌炎。后来，再写的信，都是查无此人，被原封不动地退了回来。

于是，我在梦里，又反复回到那个诗歌般闪烁的玉米地。我听到，有人在田里大声地读有关大雁塔和黄山的诗歌。我还梦见一个提着裤子奔跑的半裸女，样子却不是寒风的样子，倒有点像我少年班的女同学杨杨。在我写给寒风的信第三次被退回后，我没有再写信去了，我知道她已经不想再被我和过去打扰。

4

在科大的两年的岁月，现在就是我人生的噩梦的最重要部分。那种打击一点也不亚于玉米地里的那块亲吻我眼睛的砖头。从此，我开始痛恨一切的拔苗助长，甚至痛恨人们在冬季对树木的修剪。我觉得这一切行为，都是极其不人道的，类似玉米地里的对人性的疯狂轮奸。

二年级的时候，我自己制作了一个天文望远境，本来的理由是用它来观察彗星，其实却被大家用来偷窥对面的女生宿舍。少年时代，我用肉眼观察彗星的故事上过西安的报纸。眼下，我觉得科大的美女其实和天空中的彗星一样遥远和难觅。

我的少年班同宿舍同学似乎一时都忘记了和我之间的不快，他们都挺喜欢我的制作，甚至有点狂热。他们神童般的内心里其实压抑和变态的东西一点也不会比我这个所谓流氓神童少。他们往往有一个在前面满头大汗地举着，后面要看的就自动排成小队。因为是天文望远镜，所以看到的景象都是倒置的。所以有时候看见的一条大腿，不仔细思考，就会被当成胳膊。我们甚至看见了女生文胸上的花纹。然后大家一起在心里祈祷："姐姐，快快地脱了那人性的束缚，让我们这些神童小弟弟们开开眼！"

我在这所谓的神童队伍中，已经不可逆转地开始成了落后要被淘汰的部分。还有更悲惨的同学，一男一女，已经学得神经衰弱，被退了学。有几个神童，在他俩离开后，一起残酷地拍手称快，觉得神经是个好东西，可以那么轻易地消灭两个对手。

辅导员老师找我谈了好几次话。说我再考不及格，就要让我留级了。以前跳级，现在留级，真是报应。我的天文望远镜也在同学们饱了眼福厌倦之后，被其中一个觉悟高的北京神童外号“大前门”，揭发到了辅导员那里。不知道我的学生档案里，我的中学语文老师有没有写上此神童未来会是一个大流氓的断语，反正辅导员再次找我谈话的时候，言语和目光里流落出来的就是，我是少年班里的老鼠屎，我有流氓气息。还说我是班里的不安定因素，就要带坏那一批祖国最优秀的神奇花朵了。

晚上，我把那个望远镜摔得粉碎，还揪打了揭发我的北京“大前门”。我敢动手也算个奇迹。“大前门”恨我就是因为，我因他老忘记拉裤子上的拉链，给他起了那么一个外号。毛金还帮了忙。在我拳击他的鼻梁的时候抱住了“大前门”。结果我受了一个警告处分，毛金则全班读他写的检讨。老师说没开除我，是考虑广大神童们在过度紧张的学习成长过程中，难免会因为心理上的不成熟，而走点弯路。

痛苦之余，只有杨杨挺身来做了我的安慰天使。她先是陪了下了一天一夜的围棋，还带我去合肥的体校和一些学棋少年下车轮战。还在我被他们的老师，一个业余七段让三子痛宰后，帮我分先大败了那个戴眼镜的教练，弄得他就那么突然输给了一个不知道来历的小女生，在他学生面前一点也下不了台。

回学校的路上，杨杨突然建议我们去社会上的舞厅跳舞。我很难堪地说，我一点也不会。杨杨则很大方地拉起了我的手，说教我。

舞会上，我笨拙地搂住杨杨，像一个大哥哥浑身长刺般搂住了自家小妹妹。我很奇怪，作为少年班成绩最优秀的学生之一，杨杨不仅会下围棋，居然还会这社会上刚刚开始流行的交谊舞。杨杨说，她小时候还练过芭蕾。交谊舞其实她也没专门学过，不过那东西，那么简单，拿她的话，就是看上几眼，就会了。

然后，她要我保密我和她在学校外面跳舞的事情。不然大家肯定会把这事情作为三天三夜的话题。说不定又要报告老师。神童们虽然发育晚，热爱学习和考试，但八卦起男女生活作风方面的问题，也是浑身是劲，充满智慧。

我说没问题。然后就感觉到了她刚刚发育的胸脯。忽然间，我居然一下子就有了生理反应。我一直以为就是那一刻，当我搂住杨杨跳舞的时候，我的生理发育才真正全部结束。以前，我只会在梦遗的时候，在梦中，那家伙才会硬。

然后我就弓着腰像个大虾米那样和杨杨跳舞，就怕自己双腿间那不听话的那地方碰着她，得罪了她的纯洁。

音乐中，我一生也再也难以忘记她那带有稚气的笑脸。在生活中，或者在梦境中，那种微笑美丽得只会让我悲伤和遗憾。

5

辅导员老师因为我的堕落，还专门给我的家里和我的中学老师那里去了信，报告了昔日神童如今学习上非常凄惨的近况。父母和中学赵老师就给同在科大的戴戴和老水和状元吴柔去信，要他们在科大学习上还有生活上要多关心和帮助我。

我们四人之间的聚会开始多了起来。以前，因为学业繁忙，竞争压力大，大家还真有了点疏远。还是状元的功力深厚些，吴柔来科大到是能够继续保持品学兼优。她还参加了校游泳队，虽然我们背后形容在她游泳比赛的时候，样子就像快要被淹死了。

老水在科大学的是计算机，他也只能勉强学个成绩中等偏下。灰心之余，他开始有了从政的雄心。虽然，寒风高考政治得零分据说是他人生中永远的有关政治的巨大阴影。老水还当上了校学生会副主席。并在学生会举办的两次有奖征文中，走后门让我写的狗屁诗歌分别得了一个一等奖和一个特等奖，被发表在科大学生刊物的显著位置。

戴戴几次假期回西安，都去看望了他的初恋如今是我的精神偶像、通信对象的王凤。据他说，王凤真的已经不再是处女，当然，这事情不是他做的。当然，王凤是不是处女，我是不在乎的。我只要她喜欢看我的信，也给我回信就可以了。成人世界，那时候还跟我隔着一张纸。

戴戴说，有一次，时间晚了，他就留在了王凤的大学的女生宿舍。当然，其他同学们都放假了，宿舍里只有他们两个人。虽然他和王凤虽然已经情缘已了，最后却还是睡到了一起。以前的中学时代，他们俩的关系只到接吻和隔着衣服抚摸胸部。于是我想起我和杨杨跳舞的故事，就咨询戴戴，说和女生亲密接触的时候，下面硬了怎么办？戴戴大笑，说，王凤在中学的时候和他接吻，她也会往后弯起腰，尽量不碰到他的那家伙。

戴戴说，那夜，本来他们还是分睡两张床。快黎明的时候，王凤钻进了他的被窝。他脱了她最后的衣服，就抚摸了她除了三角区的全身。他还说摸她的乳房的时候让他觉得自己很流氓。然后，王凤幽幽地说，她已经不是处女了。戴戴问是谁，她说是她的教练，还不是她在交大的男朋友。戴戴听了很生气。就那刻，他忽然觉得男女之间的事情太肮脏。然后，他自己就跑到另一张床上，并觉得他们间的爱情已经全部彻底的死亡。

说到这里，戴戴咬了咬牙，还去拉了一个小时的小提琴给我听。当然，那时代戴戴的拉琴技术，还只能用非常糟糕这四个字来简单形容。也不知道他同宿舍的同学是怎么忍受他练琴的。

戴戴拉完琴，像发泄结束。他说，以后，他谈恋爱，只要柏拉图那样的精神恋爱，没有任何肉体的接触，更别说做爱。我开始有些糊涂，就问他，精神恋爱里，要是也硬了，那怎么办？

戴戴笑了，想了半天，也没给我个正确答案。

我离开科大的那年，老水开始了和他在校学生会的同事，文艺部长张景的恋爱。张景是他的同班同学，两人在去黄山的时候，脱离了大部队，在一个小山坡上就着黄山云海发生了关系。张景还因此还怀了孕，在合肥的一个私人诊所做了流产。老水那段时间正好没钱，费用还是由我和戴戴凑的。他们俩是先做爱，后恋爱。目前，在海外，华人倒是常常是这么试了再说。因为时间宝贵。

以后，老水还多次帮张景考试时候作弊。因为张景除了歌唱得好，成绩和我这个所谓的神童一样，是一塌糊涂，也常常徘徊在了留级的边缘。

6

戴戴也说到做到，开始了他和状元吴柔的精神恋爱。也不知道他俩是谁先追谁。两个人最肉体的接触，据戴戴描述，就是拉手。有一次，吴柔突然在散步中，拉起他的手放在她的胸口感觉她的心跳。而我这个中学语文老师定义的未来流氓，感情和肉体上的故事，在合肥的时候，却是守身如玉，一点进展也没有。

我依然着迷给王凤写信和杨杨下围棋。杨杨以后还和我去外校的舞会跳过几次舞，我最喜欢和她跳小拉。那时候，她在我的身边，绕来绕去，就像一只快乐的云雀。跳比较静止的舞的时候，有的时候，我还会硬起来。我也不再那么害羞地去躲避。我已经是一个大男人了，该硬就让它硬吧。

不过，在科大时代，对杨杨，我始终没有那种我给王凤写信时候的暧昧感觉。我就觉得杨杨是我人生中最美好也最纯洁的小妹妹。给王凤写信的时候，有时候，我会想象王凤在戴戴抚摸后那变长变硬的胸，甚至想象她的身体在她教练的身体下的如何激烈地喘息和扭动。

我甚至老回忆，中学的田径会上，王凤跑步冲刺的时候，她那早已发育完美的胸部，是如何优美地上下颤抖着。虽然我可以近距离地搂住杨杨，感觉她那还显消瘦但同样温柔的腰和背，但我总觉得我和杨杨，就是两个在合肥迷路的自家兄妹。

我问过杨杨:“喜欢来读这科大少年班吗？”我知道，杨杨的成绩一直在全班排名前三，她一定不会和我一样有那么大的挫折感。

但杨杨说，她也不喜欢这种集训似的拔苗助长。她说，她喜欢自然而然的长大。如果让她自己选择，她还更喜欢在棋校下围棋。她说当她看见江铸久和聂卫平在中日擂台赛上连胜日本人的时候，她觉得那场面比她连考几个一百分还痛快。

我想起我那要在围棋上打败著名人士神童宁老师的决心，不禁叹息到，人生如果全部是用这些输赢来计较，那我的一生早就输在了那在西安南郊的玉米地里的那块飞舞的砖头下了。

也许就是那一击，让我失去了人生里激烈竞争的勇气，太激烈的东西我都不喜欢。我用人性来给自己找台阶下，觉得进化论和相对论都是伪科学。

在任何砖头和尖刀面前，智慧和知识，都将是永远的弱者。

7

王凤给我的一封来信中，提到她的交大男友，要去美国留学了。她说她也开始抓紧学英语了。那年头，科大的同学们，基本也都是这个理想，出国去，出国去。国外遍地是黄金，是机遇、是别墅、是小车。只有我，似乎还很麻木，对学外语，也总是提不起来劲头。后来，这变成了一个我的生理习性。即使目前在多伦多这么多年，我也很少有愿望去学英语。一拿起英语书，我第一感觉就是上眼皮马上就要掉下来。

王凤还老提到她的教练，总是给她按摩受伤的大腿肌肉。其实，通过戴戴，我早已了解，这个教练有点衣冠禽兽，除了运动，还教了她很多其他的人生。但我却依然觉得王凤是个很单纯的女人。我知道她的母亲在她很小的时候因为感情问题就上吊自杀了。她在中学时候，一直就是那个孤独自我但果断的美丽女生。拿现在的话就是酷女一代。所以，她会主动在夜色里亲吻戴戴，在当时的西安铁一中重点班，这可是最大的勇敢叛逆和前卫。

我平均两周和王凤通一封信。自己感觉精彩的地方，就拿给毛金和杨杨看，更多的是给杨杨看。因为发展到杨杨会主动要求观看我和异性美女王凤的暧昧通信，都形成了习惯。为了她给我下指导棋，有时候，我用一封信就可以换一盘棋。没有信的时候，给她看一张王凤的照片也能换一盘棋。

杨杨总是说王凤是我的梦中情人。和杨杨一起看王凤的照片的时候，有时候我会想到戴戴那双拉小提琴的手，曾经在上面如何地游动。我真的一点嫉妒都没有，只觉得那样的事情很美好。杨杨看我的信和照片的时候，我同样坚信她也是毫无嫉妒。

我和杨杨，我总觉得戴戴和王凤那样的事情是永远不会发生的。我的手永远只会在跳舞的时候，放在该放的地方。在我情绪最低落的时候，杨杨有时候会卖给破绽故意输棋给我。我明白她的棋力，就是发高烧烧糊涂了，在让二子的情况下，也不会输我。那样的友情让我羞愧。

其实，很多年后，我也后悔过。觉得我应该和杨杨有过亲密关系。我觉得两个相互喜欢的男女，一定应该上床，不然对不起自己的人生。

在一个半梦半醒的状态下，我梦见或者回忆起自己在南京的玄武湖边的樱花树下，亲吻和抚摸过杨杨。那是她在我转校去读南京大学的中文系后来看我的时候发生的。梦中，我觉得杨杨的嘴轻得犹如白桦树叶。然后我的手沿着她的衬衣伸进她的后背，摸上去的感觉，犹如以后某些不眠之夜里，我总是抚摸的杨杨留给我的分别礼物，那副在她家已经有了五六十年历史的古老围棋黑白云子。凉凉的，触目惊心。

这也许不过真的是梦而已，类似我此刻写下的小说。小说人生中，那里面的人生和现实中的其实往往是背道而驰。

8

一次放暑假回西安，我本来去交大找王凤玩，却没找到，只留言在她宿舍的门上，说合肥黄翔到此一游。回来的路上，我骑着旧单身，一路神情恍惚，却看见了很久没有联系的寒风。她走过我的时候，目不斜视。我觉得她看见我了。我愣了一下，张了张口，也没喊出声来。

接着，我扔下那单车，又像在少年时代一样，远远地跟在她的身后。我看见她走进了一家银行。我知道，她就在那里上班。我在银行外发了很久的呆，后来发现眼泪流了下来。以后，只要我感觉旧日重来，都会像这天这样悲伤。那种悲伤也是如山如绸似的。那时，我受伤的视力已经上升到了 0.5。但人生勇气似乎已经远离了我。如果人可以有乌龟壳戴背上，那我愿意是第一人。

我去找了同样回西安的戴戴和老水，老水那次把张景也带了回来，暂时在西安过上了小两口的同居生活。戴戴去叫了刚刚开始和他精神恋爱的状元吴柔。我们准备五个人一起去看一次寒风。我们去街上买了巧克力。和中学时候送她的一个牌子，但多了三四倍。

结果去到那家银行，却被告知，她早已不在这里工作了。

当时，我们五个人都感觉了巨大的郁闷。还是吴柔说了，别刺激她了，就让她活在她自己的生活里吧。

第二天，我们决定一起坐火车去爬华山发泄。高一时候，除了张景，我们已经一起去爬过华山。那时候，我似乎一点也没觉得华山很险。一路上走起来如履平地。

也许真的长大了。这次去，我一直感到心惊胆战。下山的时候几乎就是在爬了。我开始明白人生道路上充满着恐惧和挑战，处处都是险境。包括在梦境里，在那里面，我们无依无靠，有时则更加危险。

在山顶等着看日出的时候，老水抓紧时间，和张景躲在一块岩石后面去亲热。有时候，我会情不自禁地扭头伸长脖子去偷看。这是我人生的又一大不良习惯。我迷恋朋友们或者陌生人之间的隐秘行为，我喜欢偷偷地在一边阅读他们。

我看见老水去亲张景的胸部。那天，张景没穿胸衣，胸口露出了一片即将和日出交映的肉色，让我觉得很惊心动魄。

戴戴则在一边，和吴柔大谈门德尔松、巴赫、德沃夏克的新世界交响乐和歌剧卡门。不知道，他的物理偶像爱因斯坦，除了拉小提琴外，是否也喜欢欣赏交响乐和歌剧。不过，可以安慰戴戴的事情就是，爱因斯坦的小提琴拉得也很差劲。

从华山下来后，我就大病了一场。吴柔也病了，她是累病的，看来精神恋爱也是疲劳战。我觉得则是感觉长大了那种心境让我生病。我们躺在一家医院两个病房里，分别接受了戴戴和老水们不断的慰问。不同的是，吴柔的病床前，有黄色的凤凰花盛开，那是戴戴去陕西原野里采来的。这一行为也影响了我的一生。

以后，只要我感觉自己喜欢的女性，我都觉得都有义务去为她们采野花，好放在她的窗台上。那一天，我想了半天，觉得自己这一生中，已经有三个女人应该收到我的野花，那就是寒风、王凤和杨杨。不过，事实上，直到今天，这三个女人，都没有收到过我送的真实野花。哪怕是在梦境中，我也没送过一朵。

9

再说说著名神童宁老师吧。如今，他不知道正躲在那座群山的乌云里。不管是在哪里？我想，只要那里远离合肥的科大少年班，他就会感觉快乐。

也不知道他还记不记得我和他的三盘围棋大战。我则依然记得棋局结束的时候，他脸上浮现的表情，那是一种真痛苦。当时我就感觉，他的那种真痛苦，只有在远离合肥和这少年班之后才能彻底摆脱。

其实，我去读少年班，有个原因，就是想去看看中国第一代神童在那里的痕迹。在中学，大家都叫我闷骚神童，这激发了我想去见识下普天下其他真正的神童们。本来，我可以去北大读地质，或者去复旦读野生动物，甚至直接去南大，也省了我后来那复杂特批的转校。

到了科大才知道，宁老师是他们班最有名但也似乎是最没有成就的一位。宁老师的天才当年被方副总理直接发现，然后科大专门去他家乡考察他，因他才成立了第一代少年班。也许中国没有了宁老师，科大少年班的故事也会推迟很久。或者被别的大学捷足先登。例如，我后来转校的南大，也有少年班。

据辅导员教育我们的时候说，遗憾的是，当年的宁老师，可能因为过于早熟，11 岁就进入了青春期。来科大以后，他不再刻苦学习，而是潜心研究起了围棋、中医、诗歌、天文和爱情。他的学习成绩非常一般，毫无神童光彩。宁老师自己也一心想转到南京大学读天文。报批几次被校方以校宝不能流失为理由拒绝。后来宁老师连研究生也考不上。当然，拿他自己的话就是，他是不想考，老师拉他去考的时候，他跑了。

辅导员说我在很多方面和宁老师很像，所以想介绍我们认识，让我从他身上吸取教训。宁老师在那时候，已经是少年班的反面教材。也许，正是这个原因，才让学校坚决要把他留在了科大。就是他日后的第一次出家，也派老师去把他抓将回来。

记得我是在教师办公室里见的他。

他的样子比传说中朴素很多，甚至感觉表情有点呆滞。看见他的第一眼，我的心里就在说，我将来，可别变成他那样子。我们俩相对无语很久。我说，宁老师，你是我的著名偶像。他没笑，搓了搓手。最后我握了握他的手，说:“我想和你下围棋。”这时候宁老师才笑了，说:“好吧。不过，我最近很忙。”

我也笑了，说会有机会领教。其实，我自己也知道，那机会已经不会很多了。我自己知道，我离开科大的日子已经很不遥远了。

10

那年假期，我比戴戴他们返校得早。因为我要去参加补考。科大的补考通知都是寄到家长那里。结果三门补考，我仍有一门没过，需要重修。上一学期也有一门补考没过。这样的成绩，不仅我父母，连我自己都开始难堪。昔日神童，现在成了不及格专业户。中学赵老师还让我回铁一中去给高考班鼓劲，我怎么还有脸面去和状元吴柔等人并排坐在一起。

辅导员老师又一次找我严肃谈话交心，她还给我父母写信。她说，当前留给我的路，要不留级，不留级的话就只能退学，非常的严峻。最关键的时候，我妈妈都来了科大。他们问我为什么一下子由神童变成了垃圾生。其实，由神童变垃圾生，我也不是第一例了。我想起宁老师和同班那两个病退的同学。他们这样是明知故问，因为不是谁都能适应这种忽视人性成长的拔苗助长。

科大老师对我的评价是，人不傻，但爱好太多太杂，青春期叛逆思想严重。如果能端正思想，还会是一棵好苗子。我妈妈则认为是我离家太远，如果就近在西安读书就不会这么失败。我则埋怨，我更应该去读复旦的野生动物，虽然我还有几个科大好友，但我总的结论是这样地激烈竞争，还不如去和野生动物交朋友。

因为我想到宁老师的故事，我就想正式向老师提出要转学校。我知道妈妈的一个中学同学在南京大学当中文系系主任，我就提出到转到南京大学去。我彻底厌倦了学习枯燥毫无人性的数理化和科大。我觉得人文科学和别的大学可能更适合我。

当时，科大还全没有过转校成功的例子。虽然宁老师在他读书的时候闹过，但还是被无情地拒绝了。老师一开始也觉得我的申请没有任何操作性可言。少年班也是可以在全校择系的。

我妈妈马上联系了南大中文系的她的中学同学，还把我写的诗歌寄了过去。同时又去找了科大的校长。首先，南大方面传来好消息，中文系主任看过我的前卫诗歌后，指出了太朦胧不押韵的缺点后，还是觉得我有学习中文的潜力的。他在电话里告诉我妈妈，中文系不是为了培养作家，而是培养中文专用人才。他怕我去学中文系是为了想当作家。他还答应去找南大校长通融。我知道，他肯这样，是看在我妈妈的老面上，而不是看在我所谓那不押韵的先锋诗歌上面。

有了南大那边的可能，我的转学报告正式交到了学校的校长办公室。校长办公室回话叫我妈妈先回去。因为校长已去北京开会，然后会去国外考察。这个从没开过先河的问题，说还要等校长研究研究。我自己感觉，他们的慎重态度其实是做给转校失败的宁老师看的。他们怕我轻易转校成功，让宁老师会不舒服。

那一学期，我已经基本不去上课了。成天在宿舍里睡觉。睡醒了就写一点胡言乱语的所谓诗歌。等杨杨的学习间隙就去找她练棋。

11

起初，宁老师是不怎么屑于和我下三番棋。我在科大的围棋界名气太小。我还没有正式赢过任何一个校队高手。我的对手只是私人老师杨杨。宁老师是教工队的主力，大概是业余四段左右的棋力。

他更想和高手杨杨过手。下围棋谁都想和高手过招。出钱就还可以和专业棋手下棋。

宁老师很怕在让子的情况下输给杨杨。当时，杨杨和所有的校队成员下棋都要最少让两子。所以，在下棋方面，他一直在躲我。那段时间，他自称在研究易经，暂时对围棋没有了兴趣。

学期结束的时候，我的转学报告据说终于要批下来了。南大方面先传来一个不好不坏的消息，说可以答应我转校，但漠视我在科大的两年学习。说除了政治经济学和哲学以及英语这三门课可以免修外，我要从中文系的一年级读起。因为我是从理科转到文科，很多中文系的基础课我都没有学过。

这据说也是我妈妈同学的好意。当他读过我那所谓先锋诗歌后的第一感觉，就觉得这孩子还要多加强中国古典文学以及历史知识的学习。以后转到南大，我听他的课，他也总说，古典的才是艺术精髓。

分别的日子就要来临。杨杨又和我去外校跳了一次舞。那次，我只在放小拉的曲子，才和她跳。因为我怕和她跳慢舞，会趁着伤心轻薄她。毕竟，我已经越来越成熟，那下面也越来越容易坚硬如铁。另外，我最喜欢和杨杨跳小拉，会有一种痛快的感觉。她是我人生中一只若即若离的小鸟。形容成微风也很恰当。如果换成今天的我，那夜我也许会把这只小鸟的羽毛全剥光。裸体的小鸟，一定也会有另一种美丽动人。可惜，时光从不倒流。

我还记得，跳舞的时候，杨杨对我说，她现在一点也不喜欢少年班了。因为她觉得这地方伤害了不少人，尤其是我。

我说，其实是我伤害了少年班，因为我不是一个好少年。

是杨杨单独去找的宁老师。

也不知道他们俩达成了什么协议。宁老师终于同意和我下一次正式的三番棋，而且是正式比赛那样，有裁判，每方用时四个小时，三十次六十秒读秒。杨杨还在学校张贴了比赛告示，说是神童挑战赛。比赛的胜者还有一个神秘奖品，那就是杨杨总是舍不得用的她家祖传的民国云子。后来我知道那围棋当时的价值就上了人民币五千块。杨杨下了血本。但她为了骗我同意用那围棋做奖品，只说价值一百块。

12

那天，比赛用棋就是那奖品云子。我先拿起黑子看，一般的云子，透过光，会看见绿色。而杨杨的棋看起来则是紫色，那种淡淡的紫色还透着一种嫩黄，看起来很不同，也让人觉得有点伤感。

其实，本来我是准备去输棋的。首先，我和宁老师在棋力上还有小小差距，另外，我只是去享受和第一代科大神童过招的过程。我知道，作为一个无名之辈，万一赢了宁老师，那会是一种对神童前辈的极大失敬。

心底里，我还是挺佩服宁老师的。在那样一个科学环境，他还是力争去做一个他自己想做的人。正是他的转校故事重新启发了我的人生，不然，也许我正要被退学回铁一中去重新参加高考了。

猜先的结果是，第一盘我首先执黑。我第一手落在了天元下一路的地方。我的意思是，我和他下棋，不是为了输赢，而是为了一种内在神童精神。但宁老师可能觉得我小看了他，有点生气。他的第一手则落在了二二，意思是他不会把我放在眼里。我的亚天元下法居然激起了宁老师消失已久的杀气。

结果，一种本以为的平和友谊的棋局演变成了大砍大杀，那盘棋我们至少有八块孤棋搅在了一起，相互不活。直到天色黑了才分出胜负。我在一次漫长反复的劫争中幸运地比宁老师多了一个劫材，宁老师用光了最后的时间，终于投子认输。

复盘的时候，杨杨似乎对我的胜利很不满意。她指出白其实有多种杀黑的方法，可惜宁老师犯晕，送了我一盘。

第二天的第二盘，延续了上一盘的杀气，宁老师继续大举进攻。不过这次他吸取了上次失利的教训，先捞了不少实地。这盘棋的节奏比上一盘快很多，两人一个小时内就下了六十几手，好像是快棋一样。最后，本来我有一个角是可以先做活的。但我先至于这个角不活，继续大攻宁老师腹中大龙。但是我没算好，不仅让宁老师的大龙活了，还弄了一个先手活。他回过手，轻轻一子，点死了我的那个角。我推棋认输那刻，我看了一眼杨杨，发现她的脸色一阵惨白。

第三天的决胜局，在一周后的周日举行。那天，由于杨杨贴的广告说是生死战，结果来了不少同学和老师观看。人数比学校里的围棋冠亚军决战人都多。毛金还为我去实验室弄了一个吸氧器，他说聂大师就是用了这个才赢中日擂台赛的。现在斗棋这事情弄大了，被传成了新老两代神童的人生决战。

我记得我还是猜到了黑棋，我们俩都下的小心翼翼，即使是选择了大雪崩的定式，也是用了最平凡的那种变化。中局的时候，我的信心有了动摇，因为我怎么计算，似乎也是实空也大大落后。就在这时，杨杨对我耳语了一句。

事后，宁老师对别人说，那是杨杨对我支招，所以我看出了倒脱靴那个妙手。其实我本来还有一个三循环劫的选择。那样就是平局。起码不输，要再下第四局决胜。

但我那会真的天眼开了，我的所有神童潜能都冒了出来。我一下子居然看出了连杨杨事后说她也没看出的妙手，倒脱靴比气，本来似乎少三气，结果正好长一气。我赢棋的那刻，我看见了泪花在杨样眼睛里闪动。这是我第一次看见极端乐观的杨杨有哭意。反而是，我和宁老师到礼貌得近似冷漠。

我说："没有人赢，都输了。"杨杨说："应该说都赢了才对。"我想起自己的诗歌，里面有这么一句："你的兄弟死了，你接着也就死了。"

我赢了那艰苦的三番棋，赢得了杨杨的民国云子围棋。我赢得自己让自己悲伤了好几天，没有了食欲。在这里，我要正告大家，科大内部流传的版本都不对。杨杨对我的耳语，其实就是说那围棋其实价值五千块，不是一百。不能输！她是急了，希望这么能提醒我看出那步和棋的妙手。

第三章　转学

太阳和月亮的暧昧

1

我有时候会特意混淆我有关大学时代的梦境。一会是科大，一会又是南大。有时候还混进铁一中时代。本质上，我更喜欢南大些，因为这里有外文系中文系，这两种系总是美女如云。不像科大，那时候还没文科，女生比例太低，女生中姿色好的不多，就是姿色好的也被压抑得不好了。估计科大要是搞个选美，杨杨和吴柔走走猫步都能进入三甲。所以在梦里，明亮一点的地方和湖水往往是南大，灰暗一点的就是科大。在那里，我彻底结束了生理上的发育期。

以后的四年，我就生活在了南大南园的十一舍。朝南还有一栋十二舍，再外面就是南京市中心的大马路了。那时候，南大刚刚开始有转系这样的改革，结果我的舍友里有转自天文系三年级的胡杰，和转自数学系三年级的张桃花。张桃花原名叫张涛华，但大家都叫他张桃花，他也不反感这个称呼。想当然就可以知道，为什么这么叫他，都说他特别有女人缘，走桃花运。

这一年，我终于已经年满十八。从一年级读起，再没有人会以为我是所谓的神童。这让我心情一阵阵地明媚，也一阵阵地快乐。

刚到南大，我根本不敢自称自己会写诗。因为这里中文系的诗歌大佬是特招生大海。听说，他从苏州赶来南京，就拿他发表过的上百首诗歌一把扔在了中文系系主任的办公桌上，然后就没参加高考就混进了南大。那时候南大还有作家班。残疾朦胧诗人车先生总是大摇大摆地走在南大的校园里，身后也总跟着几个热爱诗歌的美女大学生。他们总是跷着二郎腿，坐在南大体育馆校园舞会最明亮的地方，欣赏大家的舞姿寻找着写诗的灵感。最没想到的是，其中一个正是日后在加拿大和我成为过一家人的经济系美女艾米。

那年头，南大校园里就开始流行以大海和他哥们韩东发明的口语诗，那种写诗的感觉就如你随意说话。他们的口号正是会说话就会写诗。第一次看见大海的诗歌，让我非常惊艳。我真的没想到诗歌居然可以写得这么生活化。我真的再也不敢说自己也会写所谓狗屁先锋诗歌，有着赶超北岛和顾城的文艺理想。

最近，在国内网络上火爆的赵丽华体的口语诗，其实在很多年前，就已经被大海和韩东发扬到了人类最高境界。赵丽华，是什么来头我真不了解，她其实根本就是学了一点大海和韩东的皮毛。小说可以告抄袭，诗歌却不能告模仿。所以，赵丽华出名是钻了一个大空子，她学了别人的手艺，却莫名其妙地震惊了全中国，发动了全国人民的又一个学习写诗的新浪潮。

中国口语诗宗师大海和韩东的百年成果，就被一个美女作协会员就这么轻轻地抹杀了。这是人生中无数不公平竞争的又一典型事例。

2

转到南大以后，我还有一个最大的改变就是，终于不再给西安的王凤写信。我觉得她的心早已和她的男朋友一起飞去了美国。我开始蔑视自己过去的那种暧昧感情。但作为补充，我开始两周一次地给杨杨写。我感谢她的围棋云子和对我的终极友谊。我还发誓以后要还她一副玉做的围棋。在信里，我总是称她为，我最亲爱的合肥小鸟。有时候，我的用词有点色迷迷，因为我会描写我和她跳舞时候的特色感觉。杨杨在科大依然成绩优秀，名列前茅。这让我觉得她在帮我出恶气。我输了，但我的朋友又帮我赢了回来。

虽然，南大大一的学生普遍还比较土，包括文艺化多一些的中文系。这让我和转系老生胡杰和和张桃花以及口语诗宗师大海，显得有点小小的挺鹤立鸡群。几年的大学生涯，总不能白过了。胡杰自称是南大咖啡党党魁。他一看见心仪的女生就会给她写纸条，约人家去金陵饭店喝咖啡。十个女生，总有一两个会因为仰慕南京最高级的酒店金陵饭店而中招。他对我影响最大的名言是，他可以同时爱十个女人，他的爱情可以分成十份，但每一份都是认真的，都是百分百纯度的爱情。胡杰英语也还不错，所以他还喜欢和留学生们混在一起。去河海大学和老外跳舞是他周末的保留节目。后来，他也因此去了美国。

张桃花大家看看他的名字就知道他的厉害，人生的不平凡。我第一次看见他的时候，就看见他搂住了一个高大的美女，大大方方地坐在我的下铺。他对我的友好微笑，简直就是给我的下马威。那个美女是外文系系花，校篮球队主力中锋，是张桃花从一个黑人留学生手中果断夺回来的。有一个夜色漆黑的周末，他就搂着那美女在我下铺过夜。

半夜床晃了起来，让我感觉，从科大来到南大，真是从“敌占区”来到了“解放区”，满眼全是艳阳天。那夜我一夜没睡，激动得觉得自己这回真的是投对了胎。我还人生第一次手淫，射的时候给我一种惊喜感。半夜，篮球女将要起来小便。张桃花想让她去男厕所，她又怕有男生进来，两人低声商量半天。最后就拿了张桃花的洗脚盆在宿舍里就地解决，尿将了起来。寂静的夜晚里，那种成年女人的尿声真是铿锵有力，一下一下地打印在我的脑海里，让我终身也不能忘记那种雨打芭蕉风啸啸的凄凉美感。

第二天，我就开始给戴戴写信，我开始指责他和吴柔的精神恋爱是变态，是违背人性的行为。我用咖啡党老大胡杰的语录教育他，说女人就需要你的暴风骤雨。

我还给杨杨写信，说我再不是处男了。说得她一头雾水，一连来了三封信责问我。

3

反正是在这个南大，才让我感觉大学才是真正的人生孵化器，真正值得的人生经历。这里，我可以学习重新做人，会不会写诗，考不考得及格都不要紧。要紧的是你，能够感觉异性、风景、艺术等等人类一切美好的东西，让你以为追求美好才是生活的原动力，而不是考试或者科学。

所以，当杨杨在国庆节来南大看我，我曾试图改变她对我的一贯印象。我把她带到月光下的玄武湖，人生里第一次企图对异性朋友动手动脚。

记忆里，那段往事非常模糊。或者我是一直不愿意直面那天的夜晚。对自己亲人般的朋友下毒手，总是一种令人难堪的经历。我似乎记得，一开始，我顺着月光楼住杨杨，她倒没有什么激烈的反应。然后，倒是我开始手足无措，不知道下一个棋的落点。

前一个夜晚，我已经向咖啡党老大胡杰取了一晚的经。他说他一般是这么试探女人，就是在跳舞的时候，手放得很高，这样在旋转的时候，就可以直接摸到她的胸。如果她没有躲闪，那就和西门庆在桌下摸潘金莲的脚一样，是一个向你开放的信号。然后，如果你有机会和这女人单独在一起，那可以随意地亲近了。

我想起胡老大的话，一双手放来放去，居然就直接落在了杨杨的胸口上。我看杨杨一闪，就连忙就说对不起。我说："想看看你发育好没有？"

杨杨似乎有些生气，说："你小子一到南大怎么就变坏了？"后来，她就一个人在前面急急地走，我则在后头跟着满头大汗，似乎怎么走也赶不上她的步伐。

我的记忆里关于这个夜晚，其实还有另一本版本。那就是我在湖边的一棵大柳树下，不仅吻了杨杨，还把手伸进了她的衣服内的后背，那感觉犹如童年时候在骊山的山溪里遨游。现在，有的时候，我还会想起她那夜里的喘息，和玄武湖水面上的月光一样曲折荡漾。

现在只要记忆和那一个夜晚连接上，尤其是在夜深的时候，我会有特别的孤独感。我还会想去给如今在北京中科院做博导一直做到院士的杨杨挂电话，亲口求证下那天到底我都做过什么。我很关心和我和杨杨初吻的真正下落。我知道已经过了这么多年，再去问这样的一个无聊问题，是很变态的。有一次我真的拨通了她家里的电话，结果是杨杨的丈夫接的电话，我没说话，沉默了一会就挂了。我只在照片上见过那男人，知道他和杨杨一样有哈佛的博士学位。以前在中国也是少年班出身，不过是武汉大学。如今他和杨杨一样，在北京当着学术带头人。

我还知道他会下中国象棋，夺过武汉高校联赛冠军和全国大学生联赛的亚军。他也会下围棋，杨杨说他的围棋水平还不如我，她让他四个子，他结婚多年也从来没赢过一盘。

4

虽然，我至今不能背下几个完整的有关唐诗宋词的句子，但却能背大海登在我们南大学生诗歌刊物上的口语诗。例如：“月亮是只小乌龟，月亮爬进我的鞋子，我的鞋子一亮一暗，我的鞋子刚刚上街回来。”还有：“一百米外，是珠江路，和中山大厦，鼓楼的钟响了，我也下课了。我走出北园。我刚上了文学史的课，讲课的是杜老师。他的笔名叫马兰，也写诗歌，最著名的是，马兰花开二十一，二五六，二五七，二八二九三十一。”

还有一首：“南京，大学，是，一首诗歌。”这被分成了四段，南京和大学也各是一段。早于目前网络上流行的赵氏梨花体十八年，就那么悄悄出现在了中国诗坛。

我也去图书馆研究过博尔赫斯和里尔克的诗歌，总觉得那种诗歌里有假里假气的贵族气息，完全没有大海的平民口语诗歌感染人。所以，那时候，我在南大中文系，觉得自己就应该学习一种朴素的民间作风。我在南大四年，除了作业和论文，没再认真写过一件所谓的作品，我觉得我需要忍耐和学习，需要真正地沉没在民间的海面下。

估计，也只有我，现在还收藏着当年南园诗社所有的油印学生诗刊。我甚至把它们带来了加拿大多伦多，我连一本自己爱看的中文书都没带。我觉得那些油印诗歌是我人生中的一盏启明灯，那是我大学时代专门是在大海和他的诗歌徒弟们在南大大门口摆的摊子上每本花五毛钱饭票买的。我可以不花钱，但我愿意花，这是我发自内心地对那些南大学生诗人的五毛钱尊重。

如果那时候就有网络，大海再弄一个所谓的国家一级作家的头衔，或者再变下性。也许，那时候，正宗的源自南大校园的口语诗歌，早就在中华大地上普及了。

在南京大学，我再也没有考试不及格过。中文系真好混。口语诗宗师大海混起来艰难些，因为他直接升入大学，所以英语基础差。老考不及格。海老辈学校以开除威胁。作家班的作家们为了顺利毕业，则不参加英语统考，他们自己出卷考日语，是半开卷，大家可以当场公开地抄来抄去，最后除了米西米西之类不会说其他任何日语也一样过关。

我就这么混着自己的大学生涯，一点惭愧和浪费青春的感觉都没有。虽然我在南京大学的四年内，其实真的就没及格过。我觉得文学修养和武侠小说里的高人一样，达到了不用剑只用剑气杀人的时期，就成功了。真正的艺术，是无形的梦境。

很文艺的人或者事，那样都是表面文章。

5

上次，杨杨来看我，我只想诱骗她去风景宜人的玄武湖，以制造浪漫气息，好献出我的初吻。后来，我总在信里写，更应该的是，和她大摇大摆地在南大的学生舞会上跳舞。以前，我和她在科大，总是偷偷摸摸地去跳舞，好像跳舞是偷情一样。以后，杨杨还来过南大两次，我也连一次回科大的勇气都没有。

南大大二开始，我真心地迷上了跳舞，每周两次，周末一次，在北园的体育馆，周三一次，则是在南园的大学生俱乐部。前一个阶段，我没有固定的舞伴。我看见了美女，就冲过去，把手一张，好像她上辈子就欠了我一支舞。

那时候，南大著名的大学校花，外文系的刘兵有时候也会出现在舞会上，等着和她跳舞的同学总是要排成队。我觉得刘兵跳舞的姿势特别优雅，她微微把下巴翘起，那样子似乎全南京都是她的裙下之臣。我有一段时间特别单恋她。一看见她在舞会出现，我都会呆坐在椅子上好一阵，不再跳任何一个舞，只看她和别人跳。

后来，我有了同样是外文系的舞伴袁星，我靠给她算命，算出她喜欢过一个有妇之夫而得到她的友谊，其实这是我蒙的，我也并不是总有预感。我总感觉这个皮肤黝黑，胸大腰细的女孩，会喜欢成熟一点的男人。袁星也算是半个舞会皇后。她跳舞的时候，会让你觉得她就是全天下身材最好的女人，也最性感。请她跳舞的男生，也总是络绎不绝。她厌倦的时候，就只和我跳。她最喜欢跳快三，她喜欢那种倒在男人怀中的旋转感，那种裙子飞扬。多年后，我还发现她的 MSN 签名，还在使用飞扬的裙角这样的东西，说明她对舞场的怀旧。

和袁星跳舞的感觉，和杨杨完全不同。在给杨杨的信里，我这么描写袁星，说和她跳舞的时候好像是我自己是一个朴素的奴隶，要爬上无尽的黄山之巅。我真是一个没落的南大舞棍了。也许。我更怀念和杨杨一起跳舞的时候。那时候，我觉得我是一片围绕着云雀扭动的小雨或者小云。和杨杨跳舞，我真的会立刻想起徐志摩告别英国的有关云彩的诗歌。和袁星跳，就只觉得自己是一首大海写的口语诗，实在，痛快，一句话，非要被分成好几段。

有时候，袁星在我怀里，会和她的同学，我的暗恋对象校花刘兵打招呼。一看见刘兵，我的舞步就会混乱。会被袁星责怪，说我在侵犯她的漂亮皮鞋。

6

南大咖啡党老大胡杰有段时间和看守学校网球场的刘老师拉上了关系。他居然成了刘老师的干儿子。结果，我们得以成立了南大学生网球俱乐部。具体就是可以每天免费在那网球场里打四个小时球。

胡杰当然是想把这俱乐部发扬成一个高于咖啡党的境界的泡妞俱乐部。美女们要是同意和他约会，或者陪他跳可以被他在旋转时候触摸胸部的舞，他就可以真诚地汗流夹背地陪她们猛打网球。他不喜欢的女生，就叫我陪打。张桃花则是真正地热爱打网球。他打网球的时候特别认真，计较，就是他的篮球明星女友他也是寸土不让，每球必争。

除了跳舞，我也喜欢上了打网球。那块网球场就在南大留学生宿舍的旁边。每次和胸大腿长的金发女留学生赛球，我就会特别兴奋，超水平发挥。我劈杀她们的时候，会有特别的快感。觉得是在长我们中国男人的志气，所以记忆中，在南大时期，我似乎从没有输过女留学生，哪怕是来自美国的黑妞。

有的时候，太热了，我还会光着上身打球。以前，我和我的中文系同学，也就是在女生八舍后面的马路上踢球射门时候，我会喜欢大伙一起光光上身，露一露半大的胸肌。我脱的时候，也会有劈杀女留学生时候的那种快感，有几次，被住在八舍的舞伴袁星看见了，她就会大笑，喊她的舍友们在窗口围观，还会给下面倒洗脚水，会说我们中文系和写《忏悔录》的卢梭一样有暴露癖。

袁星这样的美女，是不可能在感情上出现空档的。那时，袁星正和一个社会上的人谈恋爱。那哥们外号叫老虎，也是前南大人。他是被南大开除的，因为打架。他不会跳舞，怎么也学不会。所以他害怕跳舞，说让他跳舞给他要在八舍上吊的感觉。老虎看我成为袁星的法定舞伴也毫不吃醋。也许是我带袁星旋转的时候手放在了该放的位置上。老虎还带我练拳击。说学校里谁欺负我了尽管告诉他。说遇到危急时刻就高叫“老虎”就能吓退敌人。有一次，练拳中，他一记直拳轰在我过去受伤的眼睛上，居然让我轰然倒地，昏了过去。和正式拳击里被击倒的场面一样。

昏迷中，我看见自己坐在玉米地里，满地都是盛开的黄色凤凰花。骊山还一动一动地向前奔跑，那节奏，类似张桃花和女友在我床上过夜。我还听见一个声音对自己说，黄翔，你小子怎么还没长大成人了。长大，就是让你活在昏迷里。

醒过来后，我灰溜溜地回去宿舍。我呆滞了很久后决定给杨杨写信，这时期，我已经一个月给她才写一封，而且都不长。我说，在这里，我真的变了，我喜欢上了跳舞，打网球，还练拳，我不再写诗歌，下围棋。我觉得生活就是一种梦想或者是梦境。黑黑白白的。我要在生活里，把那盘看不见的围棋下完。

写完给杨杨的信，接着，我还给校花刘兵写了一封情书，里面写，我会用一生的时间欣赏她，远离她。当然，这是一封永远不会寄到的情书，因为写完了我就马上点火把它烧了。我喜欢看这信被火烧的样子。

情书慢慢地扭动着化为了灰烬。我觉得我的南大岁月，最美好的部分，就类似这封情书，所有的情感，被精心掩埋后，都是一种激动的黑人舞蹈和诗歌。

7

那年头，大佬老虎的口头禅是："像男人一样去说话和战斗"，居然和前电视台大嘴主持人的书名有些巧合了。如果让那两人一定要找出谁拥有这句话的专利，估计老虎肯定会选择是用拳击，大嘴则估计会选择用解说。

有一次，在学校门口遇见老虎，他匆忙而过，叫我去学校操场等他。我赶到操场，原来他是在那里和人打群架。他是为了一个地质系女生出头。因为同班的一个男生硬追她，还骚扰到了她的家人。

我赶到的时候，天已经黑了，操场上十几条汉子一片混战，也分不清敌我。我就听见老虎在吆喝和咆哮，高喊着打这个打那个的。

我的左眼猛然间开始一阵剧痛，好像夜色也能击中了它。理智里，我太怕这样的场面了。然后，一个人奔我跑过来，老虎则追过来。我就听见老虎在喊："黄翔，你抱住他！"我张开了双臂，软软的，那样子雏鸟张开翅膀和盲人呼唤亲人。这个时刻，如果实地检测我的勇气指数，那一定是负值。我知道，玉米地事件后，人生已经完全把我变成了一个真正的懦弱胆小的人。我甚至还会晕血。那个逃跑的男生像风一样刮过我，他轻轻一带，我就仰面倒在了地上。

事后，参加打架的几个男生，都受了处分。我只是被老师找去询问了一番。辅导员老师最后告诫我要远离老虎。说这个人很坏，早晚要被关进去。

那以后，我开始躲着老虎，甚至好长一段时间，都没去和袁星跳舞。其实我倒不是怕他带坏我，让我受处分或者被开除。我的内心中，其实还是对一些有暴力倾向的人和事情有着极大的恐惧心理。我觉得自己很丢人，不像个血性男人，起码没有那种和男人一样去战斗的勇气，不能出现在那种暴力的场合，不然我的人生信心会彻底垮掉。

直到有一天还是袁星来宿舍找我，说要我去和她到南师大跳舞。跳完舞，我和她在街角喝辣油馄饨。接着，她告诉我，她和老虎分手了。

我问她："为什么？"

她说："没有什么为什么？可能是因为彼此厌倦了。"

对一个还没有尝过爱情滋味的男人说厌倦了爱情，真是一种极大的刺激。我有好一阵望着面前的黑美人袁星，觉得自己很自卑。

喝完馄饨，骑着车子带她回南大。在拐弯的时候，袁星会搂住我的。虽然，她已经和老虎分手，但我总觉得她还是老虎的女人，起码他们一定睡过好多次了。所以，她的手在我的腰上，给我的感觉是一种奇怪的冷漠，那种冷漠不让我胡思乱想。和跳舞时候，我们手拉手的感觉不同，是一种完完全全的冷漠。

我还想起，有时候，老虎会对大家说他和袁星的性事。他总是说，袁星在床上，和在校园里，根本是两回事，两个女人。眼下，这个看上去会是两回事的女人的手，有时候会搂住我的腰，像男女朋友那样，那种感觉，让我真的十分不安。

老虎和袁星分手后，去了澳大利亚。在澳州，一天，他饿得走投无路，路过了一家黑拳馆，结果跳上擂台，三拳两脚就打倒了对方。好一段时间，他居然在海外，就以打黑拳谋生。

再后来的消息是，他加入了当地的华人黑帮，在一次所谓的像他自己所说的像男人一样战斗的时候，被抓进了澳大利亚的洋大牢。

8

至今，我依然无法回忆出，谁才是第一个爱过我的女人。如果一定要说第一个，那我只记得第一个和我上过床的女人。这是普通男女的共同特性。就是在梦境中，我也会分得清清楚楚。第一个就是第一个。我依然记得，宽银幕电影般记得，那女人的脸，在那个时刻，宛如被缩小的天边彩霞。她的嘴，在离我不远的地方，呼出着热。其实，这年头，谁能说清爱情到底是什么？是荷尔蒙还是思想升华？

总之，爱和不爱，其实都会让我不安。

那种不安，就类似袁星在舞会之外搂住我的腰，一种冷和热交杂的关怀和停留。这样的爱与不爱，肯定是不安的结果。这是一种定理，模模糊糊的定理。

现在，不知道为啥，我只喜欢看起来有沧桑感的女人。我的最后一个女人，虽然是金发美女，只有二十五岁，其实，在她卸下化妆以后，你去仔细看她的脸，你就会发现那种我所喜欢的沧桑。以前，这样味道的女人，只会让我尊重。

大学时期，我只喜欢那种样子清纯的女孩，那种喜欢还挺偏执。那段时间，我就迷恋校花刘兵的样子或者和她形似的女生。因为那样子百分之百符合我的梦境。袁星和杨杨，我总觉得她们没能一下子完全占据我青春期驿动的心，就是因为她们的外表给我的感觉太亲切。我总觉得，她们俩长得一个像我亲姐姐，一个像我亲妹妹。

有的时候，在梦里，我也会梦见她俩，甚至和她们会有亲热行为。醒后，我就会有强烈的羞愧感。觉得自己是在对自己的亲人下手。我甚至故意抹杀自己记忆里关于自己初吻的往事或者在记忆中以其他故事代替。

说实话，我真的吻过杨杨，而且百分之百是我和她的初吻。但可能就没摸过她。就是那种似有似无的感觉，让我非常不安。也许，在黑暗的玄武湖边吻上杨杨的时候，我自己都不知道自己在做什么。有时候，我对自己说，那不是爱情，只是一种好奇，一种成长中的烦恼。有时候，我又会对自己说，其实那就是爱情，那种爱情是对人生的一种解脱。

除开和杨杨的接吻，我另一次和女性的亲密接触，或者说我第一个摸的女人，居然是个陌生人。那还是在我在南京大学三年级的时候，在回西安的火车上的往事。不过事后回忆，这似乎只是一个梦而已。

那个女人长得挺风骚，在车上，一开始就和我聊得很投机。我只知道她的丈夫在北京工作，她有一个孩子三岁。她没上过大学，是一个百货公司售货员。夜深以后，她就倒在我的肩上睡觉。还把大衣一起盖在我们俩身上。朦胧中，是她先摸了我，她把手放在我腰上。她就轻轻地抓住那里的皮带。

那天车厢里的灯特别黑。然后，我就沿着大衣，把手也伸进了她的毛衣，一直也摸到她的腰间。我半梦半醒着，摸着她的后背的时候，觉得自己太大胆了太勇敢了。我开始觉得也许人生远离了那折磨人的爱情，感觉才会刺激自由和快乐。车晃来晃去，最后，她靠着我睡着了。而我的灵魂则一泻千里。我的眼睛里还含着泪花，觉得那火车正在把我带向无穷无尽的真正的远方。然后我就醒了过来，我发现自己的手放得好好的。那似乎只是一个真实的梦。

任何往事都未必真实，任何故事，也都可能是我一些混在记忆的火车中的葵花般的白日梦而已。

9

张桃花是在他中文系大三那年，因为留他的篮球女友在宿舍过夜，被人举报到系里，受的留校察看处分。他一开始怀疑是胡杰举报的，后来又怀疑是同宿舍的另一个同学。他就是没怀疑我，因为他觉得我人特憨厚老实。他女朋友也一直对我不错，还老把班里的美女介绍给我认识。谁举报张桃花的，这一直是我们宿舍的一个谜，至今没有准确答案。

在这里，我不得不向大家解开这个谜。那个卑鄙的举报者，不是别人正是在下。其实，我早已经习惯了他们俩有时候会在下面过夜。我一点也不嫉妒他们。我也挺喜欢看见篮球美女，她的笑很甜，对我也很友善。说起我能认识袁星，还是由于她的介绍。有段时间，我还对篮球美女和张桃花在我下铺的时候，晃动床的声音很着迷。我喜欢感觉篮球美女很快乐，感觉她快乐了，我也就会立刻睡得很香。

我真的没有任何理由，去出卖这对情人。现在大学生都在外面租房子，那时候可没这条件。也许，大家会把我当告密者归结于人性之恶。反正，人之初，性本善或者性本恶之争到现在不是一直也没有过最后的结果。

现在回忆起来，我出卖他们的唯一理由，可能就是我在和辅导员聊天的时候，我进入了人性恶的境地。那个辅导员也是中文系毕业。他自己喜欢写话剧，然后组织我们去演。

那年，我在他的新剧里，演了一个男三号。最主要的情节就是，他能为自己的女朋友去卖血，还用啤酒瓶砸人。最后则被学校开除了，流浪在街头，很有点老虎故事的感觉。这个角色其实我挺不合适，我和老虎那类人实际上完全是两种人。

第一次在大学礼堂的公演很成功。闭幕掌声长达十分钟。后来，辅导员请我们吃饭，最后就只剩下了我和他两个人。我梦游般地向他说了张桃花的事情。我的本意本来是想对他说，很多生活的细节都挺美好挺秘密，也挺刺激，我感谢我能生活和歇息在南京大学中文系。我的本意真的不是想出卖张桃花。我开口的时候，也真的没考虑到这后果的严重性。我总觉得南大够开放了。我们能写话剧的辅导员也应该够开放，再说他也需要生活的素材。只是没想到的是，我们辅导员居然也喜欢过篮球美女，据说还给她写过情书。所以，他是恨透了好运的张桃花。

张桃花差点就被学校开除。后来两人都背了处分。他的女朋友则被开除出校篮球队。学校还在大门口正式张贴了他俩的艳事。一时刻，观众围得里三圈、外三圈。处理他的前一天，学校来了不少领导，一个个严肃地站在了张桃花的床前。其中一个还张开鼻翼嗅了半天，似乎想闻出张桃花的床上的那种事后异味。

10

不管我的记忆怎么出现混乱，骨子里，我还是挺怀念那个时期的南京和我的后大学时代。即使在合肥，我也仅仅是对那个或许无意中造成我小小心灵创伤的少年班有少许怨言。那个时代，社会上还不流行大款，人们的情感朴素得让人尊敬和怀念。出国后，我回过两次国，包括其中那次在西安的一年多。那一年，我以为我真的就要变海归了。每次回去，看见中国，就像回到南大的感觉，我都会有觉得自己都不认识自己了，这样，让自己心痛。

我觉得诗歌能在那个时期流行，南大作家班的残疾朦胧诗人车先生能有美女跟班，大海能成为后来出了不少著名作家的南大中文系的那时代的偶像人物和精神领袖，原因就是，那个时期的人们，心灵中还有着诗歌般的美好梦想，在这个大地上还没有被金钱最后打败。

不能否认，那个时候，因为改革开放，我们知道了原来美帝国主义的物质生活是那么优越，这成为新一代部分知识精英新的人生目标，那就是出国去！出国去！

还记得几乎每一个科大少年班的神童的理想就是这么类似，毫无创意。那就是在哈佛或者斯坦福等美国名校完成博士论文，就是一个成功的神童。极少的应该还想自己会回到中国，在自己的故乡成为科学大师。但我知道杨杨就一直那么想，她说她一定要活在中国，死在中国。后来她真的也把自己和自己的象棋冠军先生带了回来，实现了她少年时代在科大时候的就定义的人生归宿。

对美国或者其他发达国家，我个人在大学时期的感情也是极其复杂的。所以，当我最后真的定居在了加拿大寒冷的多伦多，并且慢慢熟悉和习惯了这里的所有生活后，我还是抱着这种复杂心境。我总觉得在我个人的人生经历里，有着太多梦境般的过程。我会否定后又肯定自己。我用梦中的双手洗自己现实中的脸。虽然，我并不是一个甘心情愿要生活在梦里的人。有时候，我非常清醒，也非常现实。我个人以为，虽然在国外，我也会在梦醒后，突然冲到电脑前，去查阅自己的银行户头。但我觉得，就是那个时期，在南大中文系，在大海的口语诗歌的终极影响下，我这一生，终于不会被金钱彻底打败。在金钱面前，我是一个梦幻般的英雄人物。

我可以忍受我写的小说没落在大街小巷，无人过问。但真的不能忍受，我会屈服在那狗屁金钱面前。认识大海后，我不写诗歌，不当诗人，不是因为金钱。我或许是一个在现实和梦境来去的人。

在梦里，我可以允许自己是诗人。我总以为自己的生活和小说更多的只属于梦境，我自己则是梦境和人类沟通的最后几个使者之一。

你可以不读我的小说，但你不可以，不让我亲手就这么打开大家的梦境。

11

大海在大学时期的女友倒是一个姿色平平的女人，而且四年里也没换过，就像他的诗歌风格一样固执。所以说，他写诗，就是为了他自己，而不是女人。他的视力不好，老有要瞎的预感。那个时期，还老会有社会上的流浪诗人流窜到南大的中文系来。因为口语诗人的创始人大海就在这里出没。那些诗人中的大部分和大海完全不同。其中很少有人能完全得到我的任何尊重。你总可以在这些词汇里找一个放在他们身上，这些词汇是：笨蛋、流氓、失业者、骗子、性病患者、精神病、空想主义者，等等。我在科大少年班时候认识的那个喜欢满街找钥匙的朦胧诗人，他一个人就可以选中这几乎所有的词汇。

所以，大海经常教育我们，诗人和诗歌是两回事情，艺术和艺术家也是两回事情。进了中文系，我却不再想成为神奇诗人的原因有很多种。例如，我自己觉得我怎么写也不会超越发明口语诗歌的同学大海。还有就是我不想被别人骂我，我总觉得一个普通人说你是一个诗人，其实就是在骂你，是一个社会怪胎。当过神童以后，成为怪胎的可能性就已经很大了。

当时，南大还有一个更加民间更加天才的诗人陈上，他的才华也是闻所未闻。在口语诗人大海出现之前，陈上一直被认为是中文系第一才子。他也真是天才，以至于让全中文系第一美女大旗仰慕到，愿意和衣和他一起躺在床上，而互不侵犯。大旗之所以被大家称为大旗，是因为她不仅貌美，还有着魔鬼般的模特身材。准确地讲，在那床上，如果她的头和陈上的头并列着，那陈上的脚就应该只和大旗的脚腕并列着。大旗真的就是中文系美女的一面真正的能迎风招展的大旗。中文系男女们，也就是因为这样才真心地呼唤她为我们人生中永远的美女大旗。

诗歌在中国没落后，陈上的个人魅力也慢慢降至他的人生低点。他写诗的日子也时断时续。不过，这几年，陈上又开始了疯狂的诗歌写作。在我二次回国途中，我在上海和陈上在金贸大厦喝咖啡。他在那里有一个美丽的诗歌粉丝，是咖啡部的部长。陈上因为写诗还在网上有了一个陈上守望者俱乐部。类似歌星的歌迷会。咖啡部部长是发起人之一。

所以，陈上告诉我，我们在这里能喝到中国最好的咖啡。因为部长会亲自为我们调制咖啡，还因为那里面会掺入了对陈上和诗歌的崇拜。所以喝起来，还真的让我感觉就是不一般。我很好奇，在上海，而且在金贸，居然还有美女会喜欢诗歌，而且是喜欢陈上这种完全民间，毫不功利的诗歌。

毕业多年，和陈上和他的诗歌在一起，我有一种紧张的感觉。我们还谈起了如今的大海，他现在在苏州国土局当中层干部。据说，刚工作时，有的时候，大海会在会议间隙，给女同事读诗。用他从前在中文系领导文学青年们一起前进的平淡语气。再后来，他变得很沉默，因为他的视力越来越差，真要变成顾城的黑眼睛了。

当说起我在爱情上的往事，和爱情上的失败。陈上的结论是我因为被诗歌抛弃了。我说，我从大学的时候，看见了大海还有你陈上，我就没想写诗歌了，谈何被抛弃呢?

陈上有这么一个句子，他说人为何悲伤是因为月亮生的。他的诗歌和大海的完全不同，在大学时候就各立了两个山头。两人一人主编一本学生诗刊。但不得不说，学生们更崇拜大海的诗歌些。因为他的口语化让人觉得诗歌真的就是生活的一部分。看，日后，赵丽华仅仅偷学了大海几招，就放倒了全中国。口语诗的成功其实是有着那种必然的原因的。

陈上的诗歌，则更加纯净和抽象些。他受艾略特和里尔克的影响最大。也被粉丝们称为中国的里尔克。这年头，不少女人号称知性女人。虽然中文系毕业，但我却真的不明白这知性两字的准确定义，是不是就是知识加性感的意思。反正我知道喜欢陈上的诗歌的女人都是挺知性。当年，那种诗歌就能放倒全中文系的第一美女大旗，也说明那种诗歌的特别威力。当然，大家至今，对他们俩人在床上只是盖着棉被纯聊天，还是半信半疑。

我对陈上的结论是，生活抛弃了诗人。但梦境收留了他们。既然我相信梦境，所以我就不能全部把诗歌打倒。

12

南大中文系四年的风风雨雨，现在看起来，是我人生中一班极快的地铁。我做了几个梦，交了几个朋友，跳了几场舞，下完几盘围棋，看了几本书，就到终点站了。

不过至今我引以为豪的，就是不管怎样，虽然我在火车的梦境中上摸过陌生女人的后背，我在张桃花我下铺做爱的时候，在他上铺心潮澎湃。我还强吻过自己亲妹妹般的好友杨杨，我和外文系美女袁星在外面跳舞时候，关线暗淡之后，也曾经贴得很紧。但这几乎就是我那四年里面所有的浪漫往事了。

我怀念那个年代纯洁的我。

当然，这和那个年代社会还不算开放有关。总之，我基本是单纯的，在我前后一共六年的大学生涯。

我刚认识张桃花的时候，他就已经不是童男。胡杰虽然领导过南大咖啡党和网球党，但他的第一次性经验也只是在我中文大四的时候。他真正进入女人的那个夜晚，他非常激动。回来后，一直在宿舍里来回踱步，并发表对性生活新认识的演讲。他说自己对自己很失望，因为他进入了一个女人，还不是自己的女朋友。他说，要有爱情，才会让性完美。我则觉得，这样花心的一个男人，有这么一个结论，也挺后现代。

我在文学和艺术里，其实也能像胡杰一样进入女人。我靠梦境。但我总在愿意等待，觉得自己真正进入女人的时候还没有真正来到。

科大戴戴的精神恋，在他毕业那年走到尾声。吴柔遇到了一个对精神恋持嘲笑态度的男人。那人第一次和她去看电影就动手动脚，第二次约会就脱光了她的衣服。他还和她在游泳池里做爱。虽然，这哥们也是科大的优秀学生，当时已经是博士。状元吴柔后来跟这男人，先去了日本，再去了美国，最后定居在香港。结婚多年后，有一次，她在中学同学录上看见戴戴在美国的电话，就拨了过去，说她人生中其实最喜欢的还是那种冥冥之中的精神之恋。

人总是徘徊在自己有的和没有的东西里。进入或者不进入，和爱情一样，看来都会让人不安。就像我的一个朋友，她从不用做爱这词，她说她喜欢用性交。

反正，在大学的梦境里，我曾愿意那个时刻会如期来到，无论是做爱还是性交。那时刻，我会彻底忘记我的玉米地往事，杨杨和袁星都会因为我去这么征服一个女人而感到欣慰。有没有真正的爱情没关系。在性面前，我不在乎爱情。同样，在爱情面前，我也不在乎性。

我还要很不好意思地告诉你们，就是昨天，我还又给大学的梦中情人刘兵写过一封情书，我在上面写着，我为你而写作梦境，因为我和你只能在那梦境中，才能回到昔日故乡。同样，写完后，我还是烧了它。

我痛恨自己这二十年如一日的变态单恋。

痛恨之余，我对生活和爱情是一个态度，该是你的就是你的。我不相信命运，但我相信人生。我们全都是人生里的月光，陈上说月亮生了我们，我说，是月光，照亮了我们，让我们的梦境，成为真实的明亮。

而且，诗歌中，我个人其实就一直以为，只有叙事的部分，才算是真正的诗歌。

第四章　爱上

我用身体　做我的地图

我用地图　做我的爱情

1

戴戴的精神恋梦想破灭后，一度变得非常消沉。好在他化悲痛为动力，也努力学起了英语。英语一度成了他另一个情人。他准备考托福和GRE。他也要出国去。去远方，看看还有没有他梦想中的人生。出国去！出国去！一代中国精英知识分子的悲伤归宿。在南大门口，有一天我看见了连夜带铺盖排长队的人们，一打听，原来他们是排托福报名。

戴戴本科毕业的时候，一度考研失利。但却因为一篇学术论文受到了两个教授的赏识。一个是科大的，一个是美国斯坦福的。前者让他留校呆在了试验室，做起了助教。后者则表示愿意担保他去美国留学，并认为虽然他在科大没考上硕士，其实质上和他在美国带的博士水平也差不多。戴戴有点无奈地留在了科大。而现在，据说国内能留在高校当老师，可最起码要博士以上学位。

戴戴一直觉得，是这个日益开放的社会污染了他纯真的精神恋爱。我则在信里向他指出人性的复杂性，状元吴柔一定是厌倦了戴戴的极其夸张做作的精神恋情。精神恋爱，在我词典里，一度就是可笑和变态的同义词。

那段时间，我刚刚日夜攻读完金庸关于妓院子弟韦小宝传奇人生的小说《鹿鼎记》，我一度认为这种小说比诺贝尔文学奖作品实在多了。类似我读完大海的诗歌以后，就再不想读北岛或者顾城的诗歌或者艾略特和里尔克的诗歌一样。我总觉得无论是艺术还是人生，我们大家都要实在点好。我给戴戴寄了一套，告诉他，这个姓韦的无赖假太监那么多美女老婆，可都是他唱着十八摸一把一把摸来的。这年头，北京写流氓小说的爷们说了，我是流氓我怕谁？中学语文老师，不是说过我是流氓吗？结果，我都度过六年大学生涯了，早已长成了如山如绸的男人，却还是很不起眼，拿南京话就是根本不上路子，辜负了那老师对我的殷切期望。

我即将大四的那个假期，我终于回去了一次科大。我是去看戴戴和老水。坐长徒汽车的时候，我晕了车。下车后，一度要昏迷在久别了数年的合肥长途汽车总站。我只见到了刚刚失恋的戴戴。一大发现就是他的小提琴技术提高了不少。当他向他的舍友介绍我在当年曾经在少年班三番棋赢过宁老师后，他那也喜欢围棋的舍友和我下了一夜的棋。没有了杨杨的指导，我去南大后，我的围棋技术已经久疏沙场。我和他下得很快，一夜起码下了十盘。我还总是和年老昏花的聂大师一样，犯一些初级错误。那夜，我则输了起码七盘。

走在昔日的科大校园里，我有一种迷路的感觉。我甚至总觉得前面某个女孩的身影可能就是杨杨。我在心里有那种恐惧感。但我知道我实际上是在这里碰不到她的。杨杨去北京读硕士了。但我真的恐惧在科大校园里于她突然相遇。我宁愿是在北京看见她。在另一个城市，再次跳舞或者下棋，哪怕是也在夜色中轻轻接吻。

也许有那样的可能，我总觉得我的人生，梦境中再残缺都不会少了杨杨的影子。她和无数艺术或者哲学大师一样在我心中活着。巨大着，灰暗着。虽然她年幼过我，但她在我保留的那些信中反复地出现，始终就是那么一个大师的形象。她咬着我的嘴唇，轻轻告诉我，我的人生，真实过，不全是梦境。虽然后来我对别人介绍我的经历时，我会有意无意地省去我失败的科大少年班经历，但我始终不会忘记杨杨。我仰慕她下围棋的时候的镇定和少年老成，那时候的她轻轻把棋子捻来放去，就如同她正认真地构造她的科学人生，一付胸有成竹的大师气势。你不服也不行。

2

在科大，我也没见到老水和他的女友张景。本来，说他那段时间，他会在合肥的。老水考上了科大的研究生。张景则被分配回了西安，在一个科研所混日子。不过让我奇怪的是，一向在科大考试不及格的张景居然也在那个科研所在职读完了博士。他们俩那次是突然一起回了张景的老家，据说是因为张景的妈妈病重，要看他们的订婚宴。后来，我知道，那也是他们俩几乎五年的恋情开始决裂的时候。那次，在张景家乡，老水染上了肝炎，以后可能在床上雄风不在了。老水自以为认为这点性事并不妨碍他们俩多年的雄厚感情基础。但美女知识分子张景却不这么看。张景，几乎是我看见的，科大女孩里最漂亮的女生，她的歌还唱得悠悠动人。暗地里喜欢她的男人，应该也是成片成林的。

在我的鼓惑下，戴戴开始在帕格尼尼的旋律下愤怒地反思他的精神恋爱。他开始后悔在他和状元吴柔漫长的恋爱生涯中，只顾占领她的精神而没有去占领她的肉体。我离开科大不久，接到了戴戴的来信。说他一天，在科大教室里看上了一个二年级的青岛女生。他就在她在晚自习的时候，直接冲进去，敲了敲她的桌子叫她出来。那个茫然的二年级女生还以为这位年轻师长，要跟他说什么学习大计。没想到，戴戴在走廊上对她公布，说自己喜欢她，想和她有个爱情的开始。当晚，他们俩去看电影，戴戴就激烈地吻了她。他在信里说，现在，他们俩天天要接吻几十次。他喜欢上了接吻的感觉。不同于他在中学时候初恋时候和王凤的吻。那时候的吻太斯文、太幼稚。不过他现在觉得他现在的身份是老师，所以还不好意思和二年级的学生妹妹马上上床。

但他说，会有那么一天，他会让他们的爱情变得完整。看到这里，忽然间我觉得我挺替戴戴高兴的。成熟的人应该拥有成熟的爱和生活。不管里面是深渊还是浅滩，就是真是地雷阵也不应该退缩。

完整的爱情，应该包括有性爱。这道理几乎谁都明白，我也并不例外。有一次，我和袁星在学校后门吃赖汤圆，袁星说曾经有一次，她的某个男友下跪求她和她做爱，她一糊涂，就同意了。我听了有点嫉妒，说那我也向你跪下如何。袁星想了一下说："看在我们共舞几百次的份上，那我只会让你吻我。"

我在夜色里仔细地看着这个已经可能和我共舞都不止几百次的黑美人，发现她的眼睛在夜色中总是特别明亮。我握住了她的手，憋了半天，还是没有去吻她的勇气。但我觉得自己和她在一起挺快乐，快乐得愿意一生都去和她跳舞不停。当然，在这里我要再次提醒大家，在我的有关如山又如绸的梦境的小说里，悲伤和快乐是同义词。

日后，我不仅吻过袁星，还吻了她的全身。当然，这故事发生在多年之后，我从加拿大回来，去南大参加百年校庆。那天，我觉得自己真的已经不再是那个南大中文系的低调男生。过去都已经过去了。我和那依然美如从前的袁星的身体的频频共舞，我对她这样说：

"我和你做的是一场有关从前的爱，不再是跳舞。"

袁星说那夜是她生命中最快乐也最迷茫的日子。每次只要她的眼睛变得异常明亮，我就知道她那一刻她只是快乐，并不迷茫。

3

杨杨在北京读研后，已经很少给我来信。她说她也不怎么下围棋了。因为她现在变得太认真，比少年班时候倒背古文时期还认真。她说，她觉得需要探索研究的科学真是太无穷无尽。而对于下围棋，每下一盘，她都有精疲力竭的感觉。我说："要下，你不下是浪费，我还要送你玉围棋呢。"然后杨杨回信只有一句话，说我们年轻时候浪费的东西多了，不缅怀了。

我知道，那时候，杨杨在少年班认真起来，差点就背下了全部的《红楼梦》。一看见她认真起来，我就有点害怕，害怕这个严谨的世界。就像我在梦里，要是梦见我和宁老师的那三盘围棋大战，也总是这种害怕的感觉。

杨杨也就是在那个时候认识她现在的丈夫，那时候的师兄。她告诉我说，但真的发现居然这世界上还有比她还聪明，记性更好，而且还聪明不少的人的时候，她一点也没有吃惊。她说她说的是实话，没有半点的水分和谦虚。

倒是我吃惊不小，感觉这世界的水太深了，居然真有智力能大大超越我的人生老师杨杨的人。然后我庆幸我转了学校还选择了文科。这个学科基本没有比较性，没法科学地决出胜负。所以，你可以看见，每一个诗人都敢说他自己是全中国写得最好的诗人。每一个作家，都说只有自己才会写出现代《红楼梦》和中国的《百年孤独》。不瞒大家，编辑在我的一本新书封面上也写着，我写出了中国版的《挪威的森林》。但我知道自己的分量。在这里，我向日本大师村上春树道歉。编辑那么写，只是一种吸引眼球，拓展市场的手法。

当然，我更愿意的是，我写出的是我自己的如山如绸的梦境。

继续叙说我的故事。也就是在我快毕业的那年，我才觉得自己真正变成了一条破船，在南京边的长江里，就要沉没了。真正爱一个人，你就会觉得自己其实很破。就那时候，我遇见了我生命中必然来到的女人，我叫她我的地图。我的人生踪迹总是出不了那块地图。她不是袁星，也不是杨杨，更不是刘兵。我总在梦里先梦见地球然后梦见地图，那就表示我梦见了她。因为我知道，她一定会出现在我的地图的尽头。因为，我的人生的一种含义，就是踏遍天涯海角，我也要找到她，和她的身体。

虽然，我和另一个女人第一次接吻，又和另一个女人第一次做爱。但我总以为，那些只是我的人生战斗中的一些军事演习。我的身体，我的梦境，我的永远的，破碎的，描写快乐和悲伤是同义词的小说，都是为她，我的地图而准备。

4

进入二十世纪九十年代前夕，我终于要离开南京大学了。这样的斩根似的毕业，一度让我感觉非常不舒服。系里开始是要把我发配回西安。理由是我应该回去照顾我日益年迈的父母。曾经的系主任是我妈妈的中学同学，如今他退休了。结果，我还是去找了他，要他帮忙不要让我分回西安。不知道为什么，我不想回到那个黄土古城西安去。也许，我总觉得有一种无脸见江东父老的感觉。昔日的神童变成了一个普通大学毕业生，这其实多少还是有点让我失落的。

前系主任做了工作。毕业分配，我被告知有两个地方可去，到南京的晚报和一个北京的大学去教中文。也许因为我出卖过张桃花，辅导员对我挺亲切也挺照顾。对南京莫名其妙的留恋让我选择了在晚报的工作。

张桃花则考上了北广的硕士。他说要进军电视台，去当节目主持人。那年，他的篮球女友在一次去美国的考察活动的途中，拎起皮箱从宾馆逃跑了，成了难民。传说她的上诉理由是，她不能忍受大学曾经粗暴地干涉过她的性生活。仅仅因为她和她男朋友在宿舍里做爱就公开处分了她。她把那处分的原件也白纸黑字地带去了美国。后来她成功地拿到绿卡居留在了美国。这件事情她预谋很久，居然没有告诉张桃花。所以，他们的爱情也因此完全打上了句号。

胡杰在毕业前夕，则疯狂地打起了网球。那时候，他就显示出了他的经商才华。他还请来前女国手在南大开网球训练班。结果，他自己是赚了不少，却也欠了那女教练不少的培训费，被人家一张追债的纸条贴在了我们宿舍的门口。还有，他那时候还喜欢上了一个美国女留学生。他拼命陪她温柔地打球，前后场大范围的跑动扑救。

那个女留学生虽然也是白色皮肤，但看起来很不显眼，身高可能只有一米四，在人高马大的留学生堆里显得就像一朵极其隐蔽的小小野花。有一天，胡杰得意地回来，说他和一老外美女去紫霞湖游泳了。然后神秘地说，是去裸泳。那夜的紫霞湖一定美丽如梦。

我知道他就是和那个美国网球女友去裸泳的。他们搭上了。我实在不愿意用爱上了这个词。虽然，胡杰总是发誓，他对所有女人的感情是百分之百的爱情。

没想到这美国美女虽然矮了一些，但来头不小。她是美国德州著名石油大富翁的女儿。她和胡杰的婚事后来弄得挺复杂也挺轰动。胡杰的一个在南大读研究生的女友还追杀胡杰到了系里，说她被胡杰骗财骗色。

那年头所谓的财还比较少，可能就几百块上千块人民币吧。不过那时候胡杰已经拿到了毕业证。系里一度设圈套想让胡杰把毕业证书退回来再修理他。但老到的胡杰根本不吃那一套。

德州石油大富翁非常反对这宗异国情缘，还派律师代表专程赶来了南京，逼胡杰签了一份婚前协议。那里面的主要内容就是，无论如何，他都没机会能分享他们家的任何财富。胡杰大大咧咧地签了字，说自己根本是因为爱情而不是钱。八十年代末，的确大家还没怎么拜金。为了金钱而结婚的人不是主流。我知道，实际上，他和美国小美女结婚，的确不是为了钱，是为了出国。他一定要圆他的美国梦。

领结婚证后，胡杰终于等来了签证，就顺利嫁去了美国。临别前，我在网球场和他大战了五盘。结果，作为南大网球俱乐部的创始人和校网球队队长，胡杰依然没能取得在中国对我的首胜。其实，我更喜欢和胡杰配双打。一度我和他的对子无敌于南京高校网球界，盘踞了南京高校联队的首席双打。但奇怪的是，我和胡杰的单打实力都不强，配起双打来却总有超水平发挥。

5

终于毕业的时候，让我不仅不舒服，而且还很留恋也很失落。也就在那段时间，我认识了我的命中克星满妹。

在去新单位报道前，我迅速地回了趟西安，看望了父母，跟他们要了一千块大洋，然后就回了南大。我还继续住在了南大宿舍。不过，是混在了作家班的地盘。那年头的南大作家班虽然挺藏龙卧虎，但来混文凭的也不少。

残疾的朦胧诗人车先生在里面则风头最劲。他说，他只为美女写诗。美女才是灵感。他也不会跳舞，却总像一个领袖人物一样出现在了南大舞场。他的身边总是围绕着一些才貌双全的美女。或者，那时候诗歌还是非常有力量和有诱惑的。起码，诗歌让车先生的人生有了绝对的升华。后来说起南大，他总说那是他人生里最好最长的一首诗歌。南大中文系一度扣发了车先生的毕业文凭，因为他拖欠了作家班三千块学费。他们还打起了官司。谁赢谁输我到现在也没有得到准确的消息。

那里面还有一个叫小鱼儿的诗人，如今则在北京名声大噪。他身高只有一米六，但身边的女友妻子居然全部超过一米七。其实，那时候他在作家班就已是已婚身份，是身高一米七的记者妻子在出钱让他出来，写诗读书和漫游中国。高大老婆还介绍自己的女友给他丰富业余生活，说诗人最需要灵感。

作家班毕业后，小鱼儿游去了北京，不再写所谓他发明的摇滚诗，而改写起了歌词和娱乐评论。现在则成了北京最著名的娱乐策划人和音乐评论家兼歌词作者。他在长城脚下买了农家小院号称别墅，以发掘青年歌手和青年演员为主业的影视歌公司号称有员工上百人，他还策划了多次歌唱大赛，主持推广了不少艺术电影。他有三个保姆，两个司机。他的第二任妻子同样一米七以上，他的第三个妻子身高也是一米七。他喜欢征服高大女子。第三个妻子不是我们国女却是韩国女人，和他结婚前在中国给韩国人旅游中国做导游。快乐之余，三婚的小鱼儿撰写了一篇著名的网文，在网上广为流传，那就是《和中国女人做爱，娶韩国女人做妻》。

也就是在那段时间，我开始感觉真正的文学其实不是用来流传的，而是用来生活的。在读了博尔赫斯全集后，我也开始尝试写故事。我觉得写一些类似梦境或者就是梦境的故事会让我的生活很充实。当然，我早已忘记在科大少年班时候说过的要去拿诺贝尔文学奖的笑话。

不过，一开始，我就没有再走写诗歌的歪路。虽然作家班的诗人们似乎混得如鱼得水，大海的口语诗也对我影响深刻。但我那时候就知道他们和诗歌的末日其实已经不远。或者要说我有预感，可能我其实已经嗅到了社会转型的巨大异味。几句断成行的东西已经完全不足以去描绘我们日新月异的各种现实或梦境了。那个梦境般火车般山脉般丝绸般的大时代，真的就是我们人生的无限戏说的小说。

我刚开始写的小说，没有任何路子去发表，后来很多都丢失了或者就变成了我的具体梦境，被我放进了名叫记忆但从不存在的长篇小说。不过，说心里话，那年头，到底小时候被同学们叫过诗人，我还是挺喜欢听诗人们读诗的。那样的年代，诗人们含蓄但激情地读诗，也不会突然就当众脱光全部的衣服。其实女诗人脱脱也就罢了，那是风景。而男诗人脱，则一定会被认为是流氓行为拘留的。

6

我在作家班宿舍大概前后住了一个月，还遇上了人命。南大北园的体育馆馆附近的厕所里，发生了一起奸杀案。死者是南师大女生。死的时候，裤子被褪在了膝盖下。她生前对南师大的同学们讲，她正在和南大一些素质很高的人在一起玩。她被先杀后奸，死在南大北园苍茫的夜色中。

不知道为什么，说到南大素质高的人，公安人员首先联想到的是南京大学的文艺青年们。他们排查的重点就是作家班和中文系的毕业生。几乎每一个暑假留在学校的作家和中文系毕业生都被找去盘问。

我也去过，惊惶之下，又差点又当了告密者。因为辅导员的前期报告，公安的怀疑重点居然是张桃花。两个公安穿着便衣，坐在校学生会的一个办公室里。他们的语气平静缓慢。当便衣公安拿出一张女生的照片，问我在作家班宿舍和原来的宿舍见过没有。我不由得很肯定地说："见过。"我心慌了。我只在玉米地事件后，在医院里被公安录过口供。

实际上，我应该根本没见过那个女生。但是作家班和原来的中文系宿舍，来来往往的女人也太多了，让我的记忆又一次出现了问题。就觉得像。然后他们又旁敲侧击地问我，张桃花有没有一辆黑色自行车，有没有一件灰风衣时，我居然又说："有。"其实，我也根本记得不得张桃花有没有上述东西。我又差点害了如今是中央电视台著名节目主持人，昔日睡在我下铺的兄弟张桃花。

这个案子据说至今也没有破，当然张桃花也很快洗清了嫌疑。不过，此后，我却做过一个最恶的噩梦，那就是，我才是那个亲手掐死她的凶手。梦醒后，我连连猛掐自己的肉，告诉自己，那是一个无聊的噩梦而已。掐着自己的肉，毫无痛感之际，则更加让我以为，人生的一部分，就是一种梦境。

我是一个善良胆怯的男人，对广大无论是外在美还是心灵美的女人们只有这如山如绸的梦境的小说般的喜欢和崇拜，绝不会有那种要杀人的刻骨仇恨。如果把我心仪的女人形容成火，那我的本质就是一只藐小但总是心甘情愿地去自投罗网的飞蛾。

其实，在去正式工作前夕，在我无聊的时候，我又试图玩给校花刘兵写那种焚毁情书的把戏时，我还没这么想象过自己的爱情会是飞蛾扑火。通过袁星，我也试图去直接约会一次刘兵，哪怕她直接冷酷地拒绝了我。我想看自己有没有面对自己梦中偶像的勇气。

袁星说，一个外文系男生刚刚为了这个校花自杀了。我觉得自已再怎样也不会为刘兵自杀，就打消了这个愿望。因为，她的美丽能杀人，太可怕。所以，我还是把她永远留在我一生的梦里更美好。

直到认识满妹后不久，我的潜意识里就这么想象自己了。我曾经是神童，所以我有的时候有些预感。我预感过，我的那些爱情可能是命中注定的，可以说悲伤也可以说不悲伤的悲伤叙事诗。

7

还记得，那次，我和胡杰在金陵饭店里吃分手饭。人生中，我还是第一次在如此高档的地方吃饭。在南大南芳园二十块就可以四菜一汤的时候，金陵饭店的一个炒青菜就是二十块这价格了。

就在那里，我第一次看见了满妹。我注意到她的原因没有任何特别，那就是她长得很像我的梦中情人校花刘兵，真的很像。那天，她穿着和其他金陵饭店员工一色的工作服，站在餐厅的一角对我和胡杰浅浅地微笑。

在那年头我有幸能吃上二十块的青菜，是因为胡杰说一定要请我吃好他的告别宴。他就要去美国了。前南大咖啡党和网球党党魁胡杰一边轻蔑地说，二十元的青菜真的不算贵，一边则反复叙说着他将从此征服全美国的远大理想。他想象着他衣服翩翩地走在美国夏威夷海滩边的阳光里，就是不靠他岳父母家，一样可以大把赚钱，自由地吃住任何和金陵饭店一样的高档酒店。

我都听得有点乏味瞌睡了，就把站在远处的满妹指给胡杰看，说那里那个女孩长得真像我们的著名校花刘兵。胡杰马上就要去征服美国，自信心充沛。他居然立马就走过去把她叫了过来。他对她说，他就要去美国了，在这个离别的伤感时刻，他的同学黄翔想认识她。请她给他这个就要成为异乡人的游子一个面子。她笑眯眯地走了过来。于是，我得知这个长得和校花刘兵极其相似的女孩，叫满妹，是土生土长的南京人。

临走的时候，胡杰特地给了满妹一百小费。满妹推手说不用。胡杰则说，以前和他美国老婆谈恋爱的时候，来这里吃饭，他老婆，德州大亨的女儿都会给小费的，这是标准的美国做派。他给的多了点，是因为今天他的同学黄翔觉得她是全金陵饭店最美丽的女子。

其实第一次看见满妹，我还没有非常特别的感觉。她能一下子深入我的内心，也许就是长得太像我的梦中情人校花刘兵。

不久后，我在新街口的胜利电影院门口又遇见了她。我犹豫了半天决定跟她打个招呼，看她还记得我不。

直到今天，坐在多伦多的暖冬里。我已经真的不再记得我第一次单独见到满妹，在电影院门口都说了些什么。我真要想半天，才能想一些起来。记得她说，她在等她男朋友看电影。我则狞笑了几下，说，我不是你男朋友吗？然后她也笑了，说，没想到你们南大的说话都这么开放，脸皮挺厚。她说的开放和脸皮俩词让我惊了两下。接着，满妹告诉我，她调去金陵饭店的总机了。我说：“那我以后要多给你们酒店多打电话。”

满妹笑了，说：“我们上班时候，是不能接私人电话的。”然后，我就站在她身边，和她瞎扯了很多东西，内容却真的一点也回忆不起来。直到我看见一个南京小竿子模样的男人往这边赶过来。我知道，我的时刻结束了。那小子就应该是满妹所谓的男朋友。

我闭上了嘴，立刻转身离开，当时觉得这个长得和校花很像的满妹其实真正的档次比我们校花低多了。

8

这时候，我已经搬去了晚报的单身宿舍。我的工作就是跟着一个老记者跑商业线。以前我在读书的时候则在另一家日报实习过。但我一开始写的几篇稿都被我的师傅反复修改。一夜间，我变得连标点符号都写不好。老记者深情地指导我，让我知道书本上学的，在生活中不一定实用。这家晚报由于效益好，工资高，混进了不少关系户。所以，摊到每一个记者的写稿任务很少。由于刚来，处于实习状态，我的任务就更加少得可怜。

这样的一份轻松工作，让我开始闷得慌。我安慰自己说，这不过是一个还不错的饭碗。我开始偷用单位的长途电话，跟我远方的朋友们聊天。我最常就是给杨杨拨，在北京，她也总是有机会一个人在实验室，接电话挺方便。

我总是说，我工作了，比她读研究生要富裕，要去北京王府井请她吃饭。我以为北京最好的饭店一定就在王府井，因为那名字震撼。她则说："那你有多少钱了？那给我买玉围棋呀。"我说："刚够花而已。买玉围棋还要等等。人生里，我别的不多，时间大把。"也就是那个时候，我知道杨杨和她的师兄已经爱得很深，而且准备一起去美国留学。不过我也不嫉妒。她的师兄恋人已经申请到了哈佛的全奖。

于是，我就这么说她："哈佛，厉害呀，总算有男人可以降服你了。"杨杨则说："哈佛有啥了不起。他围棋还下不过你呢。他就会下中国象棋，多土。”

这期间，我还去北京出过一次差，但我一开始我没有打算去找杨杨。在北京，我和我的中学同学王凤约好了，要陪她去北京大使馆签证。王凤要和她在美国留学的丈夫会合。她大学一毕业就结了婚，马上就有了孩子，是我中学同学里第一个有下一代的。我打的陪她去签证，在大使馆附近看见不少女人。王凤说，那些女人都是来搭老外，想出国都想疯了。

她顺利地签到证，将去美国陪读了。然后，我陪她去王府井采购。这时候我才知道王府井主要是购物街。一路上，王凤显得很兴奋。她已经被拒签过一次。夜色黑了以后，她突然问我，黄翔你会跳舞吗？我说会呀，南京著名老舞棍了。

我们在中关村找到了一个露天舞场，三块钱门票，看见里面不少中老年知识分子正一丝不苟地跳着国标。他们做的探戈动作专业得让我肃然起敬。估计，这些里面有不少都是当年的留苏分子。

已经很久没有跟王凤联系，偶然的一个电话，让我和她在北京再约。期间，我和她跳得很拘谨。然后，王凤对我讲，说她以前的情人这次在她来北京签证前，也想和她跳最后一次舞，都被她拒绝了。

我说：“那你怎么愿意和我跳这中国的最后一舞？”

王凤说：“那是因为，你是给我写信里写得最好的，比戴戴都好，我情绪一低落就看喜欢你的信。你的信可是我大一大二最美好的回忆。现在，我还保留着你所有的信，神童来信呀。”

我笑了，我说：“写信有什么。神童有什么？都过去了。那你喜欢我吗？”

王凤说:“有点喜欢。”

这阶段，我都不再给杨杨写信了。我只给她打电话。我厌倦了给远方的异性写信。在极其孤独的时候，我只会自己骗自己给刘兵写几句，然后再烧了，烧了那些纸上的人生或者爱情。

舞会结束后，我送王凤回她住的旅馆。突然，我觉得她从此就要一去不复返了。也就在那个时候，我的脑子里刻下了我那日后最频繁出现的句子，我那么明显地听见自己的心在对自己的耳朵说，那就是:“两个相互喜欢的男女，一定应该上床，不然对不起自己的人生。”不过，我以后的一生，也都在为能战胜这句话而努力。

好的友谊和性之间是鸿沟。

9

王凤下车后，我鼓足勇气，对她说:“我想和你一起上去。”

王凤说:“太晚了。”

我说:“我想和你有一次。”

王凤听了这话后惊了一下，说:“上一次?不会吧?神童小弟，虽然你长大了，但你有过吗?”

我红着脸说:“还没有。我只自己过。”

王凤哈哈大笑了说:“我不要你的第一次。等你真正长大吧。来美国。”

然后，她在晚风中紧紧拥抱了我。很长时间没有放开。我呼吸着她头发的味道，一直有想放声大哭的感觉。等她放开了我后，王凤就头也不回地上去了。这一生，我真的到现在，还没有再见过她了。

那夜，我一个人在王凤的旅馆下站了很久。然后，我就打的去杨杨在中科院的宿舍。我同样在杨杨的宿舍外徘徊了很久。我想象她在吻别了她的男友后，正在被窝里酣睡。被王凤拒绝后，我没有了再见杨杨的勇气。因为，我又怕自己会像一个色情狂一样提出要和她上床的要求。我还想起，杨杨最喜欢看的书是《居里夫人传》，而我则是《百年孤独》，这预示着，我和她本质上的不同，如果我们哪一天，真有了男女关系，那应该也是一种反人道的行为。

那天，我就这么像一条丧家犬一样出没和沉浸在北京的夜色里。我万分渴望会有别的女人天降下来一把夺去我的贞洁，管她是阿猫还是阿狗。我听见自己的心在对全北京叫喊，让我和一个女人上吧。不管是谁。我人生第一次感觉，最美好的女人原来都离我那么遥远。幸好那年头的北京，还没有什么马路流莺，不然，她们肯定就举着百元大钞把我当场做了。

回来后，我有段时间，一点劲都没有。我开始恨自己所有的过去。我觉得我要不是神童多好。这样，我就有机会变成一个自然而然的男人。也许就早不是童男了。我在日记里自称是全南大的最后一个童男。我一写完稿，我会觉得自己的骨头变软了。和那双腿间的东西一样没有出息。那时候，电脑刚刚出现，没有普及，我还是在用钢笔写稿。我还总是用没水的钢笔还比喻自己。

然后，我就想起了满妹，我想起她在金陵饭店总机工作。我于是很变态地一个劲拨金陵饭店的电话。我听得出来，哪个声音是她的。一旦听见了她的声音，我则又有点绝望感。她也是一个号称有男朋友的女人。总之，好女人，怎么会虚位以待呢。

我决定试着给满妹写信，我直接写我想和她约会。现代社会，得有点竞争意识。我说想约她的理由是说她长得像我一个最要好的同学。一周后，她回信了。她回信说，她男朋友去深圳了。她也挺孤独。不过，她觉得我想和她约会的理由很老套。她本来以为南大中文系毕业的人会很浪漫很有想象力的。

她说想玩玩，这正合我意。一开始，我也就想和她玩玩。虽然，后来，我才知道自己，原来是一个玩不起的男人。

现在回忆起来，我和满妹的所谓爱情都不知道是如何突然开始的。是不是爱情，也不重要。但我记得我和满妹的第一次正式约会是去南大跳舞。一晚上，我就很紧张她。我还在那舞会上人生第一次抽烟，因为我觉得装模作样地抽烟，会让我舒展和自信些。

还真的有人以为满妹就是校花刘兵。很快就有人排着队要请她跳舞了。和他们跳，满妹妹居然也一言不发。她如果不说话，倒会显得很清高。但和我跳的时候满妹会和我说笑。她说，她觉得她一开口，别人就会听出她，不是南大的。我笑了，说："那你挺有自知之明呀。"

跳完舞，满妹去了我垃圾房一样的单身宿舍小坐了一会，是她主动要求的。然后，她就不停地关灯开灯。她觉得灯光是一个游戏。等我以为她可能是在挑逗我的时候，觉得自己该做点什么，要不要去像跳舞一样去搂抱她的时候，满妹又迅速地从我宿舍消失了，快得犹如最后一支华尔兹的最后三拍。

我则冲出宿舍，想冲着她的背影对她大喊大叫："我没有经验，我是南大最后一个笨蛋。大姐姐，你教教我吧。"

10

所以，并不是在最开始的时候，我就疯狂地爱上了长得极像校花刘兵的满妹的。满妹外在感觉是粗了点，内涵上也不能和任何南大中文系或者外文系女生相比。她从没听说过博尔赫斯、尼采、凡·高。她一不留神还会说粗话。她最喜欢的就是打麻将、逛街和去工人俱乐部跳舞。她最喜欢看的小说是金庸的武侠小说。我还托人买了香港刚出版的金庸全集送她。不过她身上依然有不少很多女大学生所缺乏的天然之色，受过教育后难免会有些矫情和做作。我也一样。而满妹的单纯就是她不会把话藏在心里。她总是百分之百地表现出她的本色。

于是，我总是在等她直接说："黄翔，让我把你这最后一个南大童男解决了吧。"我觉得自己挺有耐心，也感谢老天，不能给我我的校园版梦中情人，却给了我另一个类型的生活版梦中情人。

在一次工人文化宫跳舞的时候，我偷吻了满妹。我先把脸贴上去，然后就去猛地去吻她的耳朵，发现她没怎么躲避就吻了她。嘴唇碰上去的时候，我觉得很有点伤感。以前，我就偷吻过杨杨。我接吻的技术很差，只知道要用舌头捅开她的唇。

满妹却闭紧了嘴，只让我吻她的嘴唇。那种感觉就类似一头撞在了南墙上。舞会结束后，我打的送她回家。她家住在南京夫子庙附近。

分别的时候，她告诉我，说："我和我的深圳男朋友说分手了，他说要回来找你算账。"

我听了一惊，说："我可才刚刚吻到你的嘴唇，就要付这么大的责任了？"

满妹笑了，说："你们大学生就是胆小，他还能杀了你不成。"

然后，她说："你过来。"

我被她一把拉了过去。我们真正地接吻了。在南京夫子庙附近的小巷里。

开始的时候，我还有点不老练，半分钟后，我就知道自己该怎样地去吻了。我的手还沿着她的腰轻轻地来回抚摸着。忽然间，我觉得自己变得很男人很气质。我还用硬起来的下面去贴她的腿，一点羞怯感也没有。我一边用力地吻她，一边想，黄翔呀黄翔，你终于彻底大学毕业了。

接吻完毕，我对她说："叫那小子放马过来吧，说我在新街口正中心等他。我也练过拳击，我爷爷还是国民党上校武术教官。"

满妹则笑我："你要你死了的爷爷替你打？"

那个吻真的让我热血沸腾。觉得人生中能这么去能吻美人人生就真的很有意义。从此，我以为，真正投入的接吻其实比做爱更爱情，更浪漫，更刺激，更人道也更快乐。多少年来，只要我愿意和对方真心地接吻，或者感觉对方是真心的，那我就会有在瞬间爱上她或者觉得还很爱她的感觉。不然，就是和她做爱，我也不会愿意去吻她或者被她吻。做爱和接吻真的是两回事。

11

朋友们终于已经纷纷离去了。树还没倒，猢狲就全散了。袁星分配去了上海一个外贸公司。她在上海，在电话里对我说，以后有大把机会经常出国谈生意。胡杰则在大洋彼岸，很偶尔才给我打打越洋电话。他从不说他在美国生活的细节，总是对我有没有女朋友，发展得怎样了问长问短。张桃花在北京北广又交了新女友，继续他的桃花生涯。据说那女生是南京下关人，长得比篮球女将还性感漂亮。

戴戴则来信说，他刚考完了托福和GRE，他觉得他在中国的日子真的不多了。老水则很少和我联系，因为据说张景已经结婚了，但新郎不是他。还有杨杨，她的男朋友已经去了美国哈佛，接着就是她了。杨杨则说她不想靠她男朋友去办签证，她自己也可以拿到全奖。还说，她在中国可能等不及我能发财送她玉围棋了。

在阳光明媚的日子里，我则和满妹拖着手在南京的大街上走来走去。那一度被我认为那是我青年时代最美好最简单最纯真的日子。我甚至认为，如果我在中国的生活，一直就是这种局面，那就完美人生了。我那些优秀的朋友们终于不再面对面地让我感觉自己的平凡。我喜欢这样的日子，朋友们远在天边，身边的女人让我体会甜蜜和快乐。

虽然，我觉得虽然满妹妹没上过大学，但只要我和她不谈论艺术和人生，在一起还是很默契很温暖的。这种感觉让我满足。有时候，我们会在公交车上接吻，在南大的南北园中间地带接吻，还在送她去上班的路上接吻。我觉得我和她的感情，一开始就是接吻。我们总是接吻接吻。我还克制自己尽量不去触摸她的身体，虽然，有一次，我也把她的衣服解了一半。

不过，内心里，我还在等待那一天，我觉得自己还没有十足的信心去主动征服她的身体。我等着呢，等着她说："黄翔，过来，明天，你就不是童男了。明天，你就人生大学研究生毕业了。"

日常的玩玩的爱情也许就是这个样子。她的前南京小竿子男朋友也从来没来找过我麻烦。直到有一天，满妹说她要带我去见见她爸爸妈妈。

我想都没想就拒绝了。那时候，我的潜意识里，还是觉得自己不过是在和她玩玩而已，玩玩爱情的感觉让人觉得很舒服很自在。

见家长这种事情太严肃太压抑。满妹接着疏远了我一些日子。我也没怎么在意。我觉得她会回来。因为我和她在一起，真的双方都是很单纯也很快乐。有时候，我还会一个人去南大跳舞。对陌生舞伴，我依然自称是南大了，等别人再问下去，我就会说我已经是前南大人了。

12

不得不说，我的童贞最后没有交给满妹。或者命运就是这么安排的。这样的故事，在今天，则会被冠以一个时髦的名词："一夜情"。

我记得那是一个闷热的夏日黄昏。在南大舞场跳完舞，我一个人走在回去的路上。我听见背后有一个人叫我。我停住了脚，回过头去。

叫我的人是一个南大物理系的女博士，叫西琴。她是袁星的好朋友。以前，袁星光叫我在她不开心的时候去做过几次她的舞伴。西琴长得也算好看。但她的博士身份，总是让我敬畏不已。

然后，发生的事情，让我觉得真的人生是梦或者梦是人生。当晚，她叫我是去陪她见她一个老朋友。其实是去见她已经分手的男朋友。他们在一起谈过六年。

我们三个人在南大后门的中山大厦吃了顿便饭。那气氛别提都难堪。西琴的前男友结婚了。过程中，我几乎没说一句话。最后，我却抢着买单，好像我为他们俩的分手有着直接责任。

就在那晚，我在西琴和宿舍和她有了关系。很多具体的细节我真得记不清了。我只记得西琴问我，说："你有女朋友吗？"我说："算有也可以算没有。"我在解她衣服的时候，西琴问我，说："对了，你和袁星有过吗？"我说："除了跳舞，我连她的汗毛都没摸过。"

刚开始，我表现得挺老到，后来则露出破绽。我和西琴没有接吻，直接就把衣服全脱了。本来我是想吻她一下，嘴凑过去的时候，我觉得胆怯了一下，就缩回来了。西琴纠正着我的姿势。最后一刻，我觉得自己一下子飞了起来。然后，我忽然想起满妹，觉得好像满妹正站在远处看着。她面无表情。

我真的很快就完成了那人生的第一次。事后觉得自己也就眨了下眼。然后，我满脑子都是满妹，觉得自己真正爱上这女人了。过程中，我几乎忘记了她，但事后，我只在想她。我还想，也许，性和爱真的是两件截然不同的东西。这想法让我迷迷糊糊，非常内疚。

我和西琴只有过那一次。她可能感觉到了，知道那是我的第一次。后来，我还去找过她，但再没有任何的身体接触。也不会谈到以前，我和她曾经有过特殊关系。她会用老姐姐的口气，问候我的生活和工作。只有一次，她提到，问我："你没把那事情和别人说吧？"

我说："没有。永远不会。我让自己忘记了。"

她则说："谢谢。"

第五章　放逐

鸟的翅膀是欲望

1

多伦多今天冬天的第一场真正的大雪终于在夜半飘落，里面夹着雪珠，沙沙地打在屋顶和窗口。往事如山如绸还也如雪。但是，我知道，雪可以融化，而只要你活着，往事却永远不会轻易结束。任何一个昨天，都是绵绵续集。

在我终于告别童男人生后，接到了杨杨的电话，说她也已经申请到了哈佛大学的全奖，也要去美国和她的男朋友双剑合璧了。她说她临走前要回一下武汉，然后想顺道来南京看我。她说这些话语的口气给我感觉她已经特别特别成熟。完全可以去漂洋过海，做一番新的事业了。

忽然间，我有了那个念头，那就是我怎么不是和杨杨有我的第一次。虽然，我必须承认，我和杨杨虽然草草地接过吻，但最主要的内容还是高尚的友谊和友情。于是，我又想起那句话："我觉得两个相互喜欢的男女，一定应该上床，不然对不起自己的人生。"其实这句话，总是在我想到杨杨的时候会最容易浮现在我的脑海里。我知道，也许，人家杨杨不会要我的这所谓第一次。但是，我坚信，凭和她那无边无际的友谊，如果我真的肯跪下来求她的话，那我是可以得逞的。

或者，我可以在她来南京的时候，跪下来求她，让她给我我人生的第二次。我不知道杨杨和她的男朋友是否已经有过关系。但我感觉杨杨应该还是那种把她的第一次要留给她的新婚夜的老套女人。

那样，我的第二次就有可能是杨杨的第一次。事实上，第一次和第二次又有多少区别呢。我又不是女人。即使是女人又怎样？现在又不是万恶的封建社会。但我没有那样去做。我告诉杨杨，在她安排的行程的南京日期中，我要去盐城出差。我撒了谎。虽然我真的去了盐城，但我是请假去的盐城。

我是去那里的国家自然保护区看丹顶鹤的。我觉得旷野湖泊里的丹顶鹤，比动物园里的美丽。而且，我觉得高高飞动的丹顶鹤，也许就是那我心目中即将远去的杨杨的化身。其实，我也只是想躲杨杨。我真的怕自己会在她面前，会演出下跪的丑剧。

我最不敢预言的，往往就是我自己的行为。

我把那民国云子托朋友去北京还了杨杨。因为，我不知道这世界上是否真的有那我以前承诺的所谓的玉围棋。或者就是有，我可能也买不起。我还托那朋友带给了她八千块钱，那是我工作第一年的所有积蓄。我以为这样可以为杨杨的海外生涯添点砖加点瓦。

不出我的所料，杨杨收下了围棋，但退回了钱。她说，她有奖学金，比我有钱。如果我需要，她会在美国给我寄美元补贴我的南京生活。最后，在电话里，她坚定地对我说："黄翔，你在中国等着，我会回来的。我会去南京和你下棋。下一盘真正的分先棋。我觉得我的未来还是在中国。"

2

就在杨杨飞美国那天，我决定去找满妹喝酒消磨痛苦。我草草地从杨杨退回的那八千块里抓了一大把钱。那是我第一次由我付账，在金陵饭店这样的高级地方吃饭。满妹觉得她自己挺有面子，对她同事介绍我的时候，不停地说，我就是她男朋友。毕业自南京大学。是晚报的作者。我以为没文化的人，总是作者作家记者编辑不分。满妹的姐妹们打量我的目光让我有点不舒服。其中一个还挺不客气，说："满妹，这南大毛头小伙是你的第几号呀。"

吃完饭，我带着满妹在金陵饭店的购物中心，买了一大堆东西。

满妹有些吃惊，说："你小子写关系稿发财了呀？"

我说："买了东西好去你家看你爸妈呀。然后，和你上床。"

满妹妹笑了，说："去我家可以，上床就免了。"

满妹的父母都是老南京人了。还有她弟弟，一家四口，就住在夫子庙的一套两间的小平房里。满妹和她还在读中学的弟弟合住一间，中间则拉着布帘。满妹执意要我去她家看看，估计就是让我了解点她家的清贫和简单。

吃饭的时候，大家都不怎么说话。结束的时候，满妹的妈妈忍不住了，说："满妹你这朋友的性格很内向呀。"事后，满妹妹说，她家里人一直以为，我肯定来自于离异家庭，所有感觉挺古怪的。起码，他们是在判断我曾经的童年或者少年时代，过着不快乐的生活。这就是她家人对我的第一印象。一个前神童就这么给别人判断出他的过去快乐与否。

出门的时候，我还给了满妹的弟弟一千块。给了她爸爸妈妈五千块。终于就那么花掉了我的全部积蓄。他们推让半天还是收下了。那一刻，我有一种解脱的感觉。我总算把我的积蓄处理完了。如果我的过去也能那么处理完就好了。而满妹则说我在装大款。

晚上，我和满妹去看了场电影。是什么电影，我已经记不得了。只记得我在过程中，把手伸进她的内衣的时候，满妹突然问我："宝贝，你爱我吗？"那时候，她歪倒在了我的怀里，叫我宝贝。我没有直接回答那句最庸俗的爱情问题。

我说："我真的走了很多歪路才到达这里的。"这里，就是指我的手正触摸的地方。那会我还这么以为，性和爱情是两回事情，爱情和生活也是两回事情。

那一刻，或者，我真的也好假的也好，我以为过，看完了那场电影后，从此，我和满妹就会走上那种过日子的日子了。有没有爱情都不要紧。

送满妹回她家附近的黑巷子里，我又和她吻在了一起。那天月色很好，洒在满妹身上，让我觉得其实满妹比我的梦中情人校花刘兵要漂亮和性感。现在回忆起来，和满妹在一起，最美好最刺激的时刻，可能就是在还没有和她上床前和她在种种月色中认真接吻。

分手的时候，满妹妹压低声音对我说："黄翔，你过几天去金陵饭店开个房吧，我可以打三折的。"我明白她的意思，她选择要在她工作的高级酒店第一次献身于我。

然后，她犹豫了一会，又对我说："黄翔，你别怪我，我不是处女了。"听到她这一句，我居然想也没想就对她说："我也不是处男了。"说这话的同时，我开始感激博士西琴。人生里，让我必须感激的人总是在我的梦境中，突然出现，让我激动并感激。

3

有几个月，我真的以为，自己会和满妹顺利地走上结婚的道路。我开始那么想以后，就再没有欲望给校花刘兵写信，就是去见西琴，也没有任何接近她的身体的欲望。我还开始打听晚报分房子的消息，看自己能排在怎样的位置。今年不行就等明年，面包总会有的，房子也总会有的。

只是寂寞的时候，我也会暗自问一下自己，我爱满妹吗？或者满妹爱我吗？爱情在人生的价值计算里，到底算什么？也许，去结婚，再生子，这是一个男人再正常不过的生活。我不是一直就在追求这种正常的人生吗？以前，所谓的神童，意思就是超常。超常现在看来，对于生活，往往是一种变态和破坏。

这么多年，有时候，我会也这么极其悲伤或者极其快乐地回想自己的这段故事。我甚至会设想，如果一切正常，自己就这么正常地和满妹结婚，生子，住在晚报分的房子里。就这么一晃几十年，然后带着孩子回西安去参加中学同学们的二十年离别聚会或者南大百年校庆。如果生活允许我有选择权，也许，我真的会接受这样的一种人生。总不能让每一个人都屈服于非存在主义或者《百年孤独》。这样的人生，简单，平淡，安静，会是一首快乐而真实的叙事诗。

但实际上，我没有选择权。命运是天使也是魔鬼。虽然我可以假设，生活里，没有出现这个，又没有出现那个。但事实上，他们都出现了，不仅出现在我漫长的白纸上，还出现在我那永远无法结束的梦境里。

继续我的梦境吧。

几天后，我真的去金陵饭店开了房。我说出满妹的名字，总台的小姐则看着我神秘和暧昧的微笑，好像她就是那个要和我去房间的女人。

那天，我买了十三朵红玫瑰和人头马。我还采了一把无名的野花，用来配那玫瑰。另外，我又买了满妹有时候会抽抽的摩尔烟。我坚持要买十三朵玫瑰的原因，就是我觉得我根本就不信任何邪。

我要了冰，泡了酒后，我开了人头马，先自己喝了一小口。然后，我在那股悠悠的酒香中等待满妹。我一点也不着急，因为我以为未来那些平凡的人生里，这样的时刻多的是，根本不需要猴急。

也不知道等了多久，我记得自己等得睡了过去。睡梦里，我回到了西安，还在骊山之巅和戴戴老水一起骑马玩。奇怪的是，那些骑马的朋友里面有杨杨。她在马上的背影，让我连声高呼，那就是现代知识分子大师版的《萍踪侠影》。

不过，无论是梦里还是现实中，满妹都没有来。那夜，她让我在金陵饭店在玫瑰和野花旁边独守空房。

4

也许，我们的记忆是有选择性的。我们总是记住想记的，忘记要忘的。我的部分记忆或许也是这样。所以，从我的记忆流出的故事，可能不是全部真相。换一个人来讲述我的故事，可能就是另一本完全不同的小说。

在金陵饭店的那张空床上，我一度做了很多梦。我甚至梦见几乎从我记忆里消失的寒风。在梦里，她亲口告诉我，她现在生活在一个叫玉家庄的地方。那里，她每天都可以换一个英俊男人做丈夫，那里是女人当家做主。村外则有一个全世界最蓝的湖。

我还梦见杨杨，她在美国居然交了一个白人男朋友。在梦里，我看见，那个白人很年轻很挺拔。但杨杨却告诉我，那是她老迈的导师。他们曾经在帝国大厦的顶层拥抱和接吻。

我还梦见袁星，她叫我去参加她的婚礼，我问她，老朋友，你要嫁谁呀？她却用另一个答案回答我，她说她的婚礼在上海最高的一座山上举行。如果我想去，就戴一顶印着南大两字的遮阳帽和一对鸟翅膀就可以。因为婚礼结束后，大家会一起在峡谷里飞。

在梦里，我大声地质疑袁星："别骗我了，上海有峡谷吗？上海是全世界最大的水泥森林。"接着，我又梦见戴戴，我梦见他骑着小提琴在纽约街头飞翔。还对我说，其实纽约以前的名字就叫大上海。

在那晚的那些梦里，我自己很清楚，那些不是生活，只是我正在做的梦。但我却不怎么想醒过来。我觉得活在那些梦里，很有一种幸福感。我总觉得时代就要变化了，就要变成另一个境界了。所以，我想抓紧时间做梦。

最后关头，我梦见满妹穿一种半裸又半透明的婚纱走了进来。我上前把她抱起来。然后，就感觉那婚纱化成了水。我听见满妹叫道："长江流进酒店了。"我则说："这下好了还没做爱就'湿'身了。"然后，我就醒了过来，发现已经是南京春天里的又一个清晨。

5

我给酒店总机打电话，问她的同事满妹的下落。她的同事告诉我，说满妹昨天请了一个月的长假。退了房后，我又去了夫子庙她的家，我叫了一辆南京那时候特有的电动三轮车，大家都叫它为马自达。她家里只有她妈妈在，说也不知道满妹去哪里了，只对他们说，可能一段时间不会回家住。她妈妈临走还对我说："还以为回去住你那里的呀。"自从他们收了我那几千块，似乎已经把我当准女婿了。

等我回到单位，却接到了一个电话，是满妹的酒店一个小姐妹打来的。她在电话里一个劲地对我抱歉，说昨天满妹就告诉她了，因为她就在我住的那层楼当班，说满妹叫她告诉我不要等她了，她要去上海一个月，回来再找我。结果，她忘记了跟我说。然后，她还表白了一番，她是如何找到我单位的电话的，她说她去买了一张晚报，然后拨总机找到的我。

满妹就这样消失了一个月。就是一个月后，她回来后也没有马上来找我。我还是打酒店的总机才听到的她的声音。我问她："怎么啦？"满妹说："没怎么？就是累了。"我知道肯定有了什么变化。就约她，在她下班后见她。

在金陵饭店的一个出口，我等到了她。也就一个月，我忽然发现她变了不少。那种变不是外表的，而是内在的，我发现她仅仅过了一个月，她就突然有了一种气质。那种气质，不同于校花刘兵的那种。让我心里有一种说不出来的滋味。

我问她:“还好吧?”

满妹说:“好呀。”

我说:“那怎么上次给我吃药?让我白开房白等了一个夜晚。”

满妹说:“会给你其他的夜晚的。那天我不行。”

我说:“你变了!”

满妹说:“没变,和以前一样。”

说完这话,她附身过来,轻轻地吻了我一下。那感觉,像是风轻轻地吹了我的脸面一下。吻我的时候,她突然说:“黄翔,什么时候给我写首诗。”

和她在一起这么久,我还是第一次听见她对我提这种要求。

那天,我和她一起在新街口的地摊上吃鸭血汤,臭豆腐。后来,她又急匆匆地离开,说她妈妈病了。我知道这是谎话。但也没有当面揭穿她。

在喝汤的时候,我试图去构思那首满妹妹给我要的诗。我想了半天。觉得自己好像写不出任何和诗接近的语言。我决定回去后要温习下大海的口语诗和陈上的抽象诗。我还想,那两种诗歌要是能结合起来就好了。就像满妹妹和刘兵结合起来,一定是一首世界上最完美的诗歌。

6

几天后,我在南京新开的一个高档夜总会里堵住了她。那时候,南京城还刚刚开始有那些灯红酒绿的东西。卡拉 OK 和风暴的厅也都是刚刚抢滩南京。满妹的那个上次忘记通知我的小姐妹叫我来这里找她。我知道她的新男人或者新男朋友一定就在这里。

那天，我看见她的嘴唇在灰暗的灯下发着一种惨淡的绿色。我觉得在这样的环境里，她则是一个让我陌生的幽灵。那天，满妹一直是一个人在舞池里狂跳迪斯科，还把头发一会甩到脸上，一会又甩到肩上。虽然她一直是一个人在跳，但我知道，在黑暗中，一定也坐着一个和我一样注视着她的男人。

我坐了很久，知道满妹应该看见我了。但她的目光扫过我几次，就像扫过任何一个其他的陌生人。我要了一杯酒，喝了一半，就一点也喝不下去了。

我就走上前，去拉住了满妹的手。我说："到时间了，我要带你回家。"话音刚落，我就紧接着听见耳边传来一阵风声。那种风声太熟悉，好像多年前，我的脸在玉米地里就那么被吹呀吹呀吹呀。那一刻，我还想起了寒风，也许，寒风就是一种风，她应该首先是风，然后才是我悲伤的中学同学。那些玉米长大了，真的和诗歌一样清脆。我还听见了酒瓶破碎的声音。我倒了下去。我是很慢很慢地倒下去的，类似电影里的慢镜头。

在倒的那几秒钟里，我清醒地明白，我是被酒瓶撂倒了。等我真的伏在地上，我发现，昏迷其实也是去做梦，那种昏迷的梦境其实可能更纯粹。

等我醒过来的时候，已经是在医院。我第一眼看见的是一个护士，然后就是满妹。再然后是一个留短发的男人。那个男人有点胖，说话还有点女气。满妹妹没说话，倒是那个男人先开口了。他说一口奇怪的普通话。后来这种普通话，全国人民都很熟悉，就是那所谓港台味的普通话。我听见他连连地说，误会误会。说回去就开了那小子。他就叫我黄翔，好像已很了解我了。

在他的道歉里，我知道了昨夜里我是如何倒下的。我是被这个男人的手下用啤酒瓶轰到的，他们还以为我在对他们老板的女朋友耍流氓。

我看着那小子，没说话也不想说话。我知道，他就是目前已经在民间开始传说的，那种即将开始大举进入内地的港商。

桌上放着一大把玫瑰花。我知道，那一定是满妹妹买的。我不知道，在这种情况下，她为何还要买玫瑰给我。

直到他们一起离开，我也没怎么说话。我知道，我的心里隐藏着的胆怯和愤怒。我讨厌别人攻击我的头。我的勇气指数早在中学时代就因为那种攻击而低过任何男人。他们走后，我想了半天，觉得满妹不应该是那种见钱眼开的女人。以前，我欣赏的就是她身上的纯朴。也许还有别的原因。

我听见她对那个香港大款说，我是她的男朋友。或者更准确地表达是以前的男朋友。还听见那大款回过头对我说，让我对满妹放心。一千个放心。他们走的时候，还在桌上留了一包钱。等他们走后，我非常冷静地点了一遍，大概是三万块。我的头上的伤给我换回来的钱。我决定收下它。我觉得这是一种卧薪尝胆。

我在那医院里一共住了三天。三天里，我做了很多梦。但没有一个梦是关于满妹。我知道是谁从我身边带走了满妹，不能说就是那个有几个臭钱几个手下的香港娘娘腔男人，应该说是这个急剧变化的新时代。新时代里，诗歌是没用的，梦境也是没用的。连玫瑰，可能都是没用的。在新时代里，三万块钱之类的作用，可能才关键。

但我总觉得，满妹妹应该是爱我的。我一头痛的时候，就那么想。我们就快结婚了。我失去了她反而更坚定地那么去想。钱是钱，爱情是爱情。我有这种直觉。我对大家以昔日陕西神童的名义担保，我这么预感是对的。

7

算起来，我这已经是第二次因为女人而倒在暴力之下。这一次，我却觉得来得正是时候。我总是说，那一下，就要砸醒我了，我的青春之梦终究要有醒的时刻。

突然失去满妹的日子一度让我非常衰丧。晚报的工作是不用坐班的。有个阶段，我总是草草地写完稿，然后就回到宿舍大睡。周末，我依然会去南大跳舞。偶尔，我还能在舞场看见已经留校读硕士的校花刘兵。不知为什么，那时候的刘兵看起来给我感觉比她本科的时候性感些。也许。我已经在学习如何真正地欣赏女人的外表和内在。不过，一旦看见刘兵，我不仅会想起自己的四年南大生涯，还会猛烈地想起满妹。如今的满妹，一定像小鸟一样依偎在香港胖大款的怀抱里。也许，那刻，她的心里可能还是在想我，和我想她一样地想我。

其实，做南大做舞棍多年，我还真的从未请过校花刘兵跳过任何一次舞。有一天，我终于走到她面前。但还是被另一手抢在了前面。我看着校花轻盈跳动的背影，想着满妹，起码在跳舞方面，满妹比校花刘兵更优美更熟练。满妹属于那种隐藏着沉鱼落雁的特质的含蓄女孩。她外露出来的往往是她的缺点。只有你真正地深入地欣赏她的时候，才能有更多的惊异和惊喜。

就这么我怀念着满妹，像杨杨背诵《红楼梦》那样地细细长长地背诵着这个女人，过着自己的孤独的日子。我的地图不见了。那段时间，我还想过要去考研究生，想再次去回到大学校园。说真话，我觉得还是校园里的气氛好，受的社会的污染相对比较少。我工作的晚报，也算是知识分子环境了。但我感觉，还是不如校园宁静，人文。虽然那里对于一个巨变的社会，其实也早已不再能够是一个真正的世外桃花源。

不久，我又一次不幸地倒在了暴力之下。虽然，我是那么痛恨别人攻击我的头。这次应该是算意外。我们几个同事打车去新街口。不想，被司机宰客了。我的一个也是南大毕业的校友同事提出抗议。他还说："我们是记者。连记者你也敢宰。"没想到，争执中，那个司机一声呼啸，一下子就围过来了好几个人。他们大打出手，一边打，一边还叫着："打的就是你们记者。宰的就是你们这些记者。"

我的头又一次被砖头击中。这种直接地打击我的头脑的感觉，似乎已经非常让我熟悉。事后，我只去医院包扎下，就回宿舍休息了。路途上，我突然想起，好像刚才我也奋勇地还了手，一时还为自己的勇敢感动了些许，我的勇气指数或许已经见底回升了。

这件殴打晚报记者的事情，由于晚报自己的跟踪报道，在南京弄得挺轰动。不久，我就接到了满妹的电话，她说在报纸上看见我被打了，说要来看我。

我则说："来吧，不过别再带玫瑰花了。那东西做作得让我难受。"

8

在我那已经狼狈不堪到了极点的单身宿舍，我又一次迎来了不久前我几乎搞定的女人满妹。我曾经脱光了在宾馆房间里等着她来上我后去摆结婚酒席。

离开我的日子，让满妹的变化不小。以前，只觉得她的气质在变化，如今是觉得她的灵魂。也许，钱真的能让人的灵魂变得不同。

那一次，进来后，满妹就用侧面对着我。我则躺在床上，懒洋洋的样子，像是脸上挂满梦味的尾巴。满妹的侧面看起来更有一种神秘气息。那种角度的线条我以前观察得还真不多。我还闻到了她身上的香水味。我知道，她现在用的都是国际名牌了。别说我势力，不可否认，名牌的感觉就是舒服和高贵。

然后，我听见她对我说："黄翔，你还喜欢我吗？"

我沉默了好久，也没有回答那个问题。

接着，她又问："还想娶我吗？"

我依然没回答。

然后，她附身过来，开始抚摸我的伤痕。

我看见了她的眼泪，那种碎碎点点的眼泪，直觉告诉我，那种碎碎点点的眼泪不是虚伪的。

然后，她开始断断续续地讲她的新男人。

我被告知，他对她真的不错。但他们之间不是满妹所想要的感情和关系。在上海一个月，那个男人开始29天，和她住宾馆的一个房间，都没有碰她一下。他对她说，她是他的公主。而她只是为了钱去陪他那一个月的。他和她讲好条件，说去陪她一个月，就给她爸爸妈妈在南京买一套三居室的房子。住了夫子庙二十几年的那间旧房子，她无法拒绝这样的一个巨大诱惑。

这个香港男人在香港是有老婆孩子的。但他在最后一天，和满妹上床的时候，对她说，如果满妹愿意，他愿意回去离婚来娶她。当时，满妹满脸是泪，她不是因为被他的表白感动，而是因为满脑全在想我黄翔。本来是我黄翔要娶她的。

如今，他们又有了一个新的协议。那就是她再去深圳陪他一年。他会在那里给她买别墅和宝马车，还有京巴狗。他只要她人生中的这一年就彻底满意了。一年后，他会给她自由。真正的自由。给她的钱，可以足够她的一生。我人生中，第一次，就是在那时刻听见，有一种女人们都喜爱的高档车的中文名字叫宝马。这么多年，我一直有这感觉，好女人的好车，一定就是宝马。再延伸一下，如果是一个好女人的恰当的好男人，他的品质也应该像极这个名字，宝马，宝贵的骏马。这个名字太巧妙太恰当太适合某些人类了。

如今，大家都知道，这就是所谓的香港人在内地包二奶。这种事情目前已经司空见惯。但在当时的南京，其实比杀人放火更让我感到新鲜和震惊。

我默默地听着，默默地用手反复去摸自己的脸面和鼻子。我觉得自己正在化成月亮上的一块岩石。那种石头是麻木的，也是温暖的，更是脆弱的。如今，我知道人生里有很多我们必然会走的弯路，虽然那些弯路最后的归宿也是月亮。

即使今天，我依然不能判断满妹当时的选择是否就完全正确。反正当时就一个感觉。她这样会比跟我马上去结婚生子人生幸福百倍。当时，就是把我杀死几回，也不会有能力去给她那些货真价实的物质。我，当时不过是一个要被无良出租车司机追打的南京小记者。

也许，我真的能给她爱情，满妹灵魂里真正需要的感情和生活。但现在看起来，尤其在别墅宝马车面前，任何纯爱情都是无力的，苍白的。爱情，对她那样的女人，也许只是安慰和补充。

我闷了很久，插了一句："你去吧，如果，你回来的话，我会等你。"我是真心说这句话的，我是真心希望她能幸福和快乐后，然后再回到我的身边。人生里有这么条去月亮的捷径，我不能阻挡她。

9

那天，我也真正得到了满妹。我们在温暖的夜色中做爱。疲倦的时候，就让她压在我的身体上吻我。那夜，我还知道了，做爱，不光光要使用最原始的工具。身体的每一个角落，都可以是一片激情的温床。

我对满妹说："这一夜来得真慢。我等了好多年了。从临潼到西安再到合肥然后南京。我的过去似乎就为这一夜在准备。"

我还说："满妹，你是女人里我最后一个老师。我不再去考硕士了。我跟你学就够了。"这话多实在，现在想想，人生里，如何能还有比得到快乐更重要的知识。

满妹笑了，非常甜美的笑，也可以说非常凄凉的笑，她说："说那你真的等我。我们以后去环球旅游。去美国，去纽约。还要去法国巴黎，都住五星宾馆。那时候我有钱了。"说到这里，她把她的裸体在我的身体上旋转了两大圈，像在做一个复杂的自由体操动作。然后，她继续说："那时候，是我们俩有钱了，就啥也不怕了。"

我说："真的等你，不过只等一年。我的耐心有限。但我发誓等你。骗你是小狗。"

满妹说："不行，不能只等一年。"

然后，她又一次征服着我的身体，包括灵魂。到达快乐的极端的时候，我甚至这么想，这辈子有这一夜就算没白活了.

她是在我睡着后离去的。那一刻，我正梦见自己和一个长得很像杨杨的女人在纽约的帝国大厦楼顶放风筝。风筝上，则印着满妹的裸体。我在梦里流着口水，忽然间觉得自己已经老了，已经远离了西安或者南京。我对杨杨说："少年班的人居然也老得这么快呀。"

醒来后，满妹已经走了。我看见桌上满妹留的纸条，上面写着："一年后，来找我。要是他不同意，你就用啤酒瓶砸回他。"她的字写得歪歪扭扭，一看就知道是一个没受过良好教育的人。不过我不在乎。纸条下，又压着一包钱。上面写着的那几个字，让我永远不可能拒绝那几万块。

上面写着："那深圳接我的机票钱！！！"

那一刻我忽然觉得自己很滑稽，我像一个用自己女人去放鸽子赚钱的男人。一个前陕西神童，在读完各种人生大学后，连爱情也卖了，还卖得那么悲凉。

10

在满妹去深圳的前夜，其实我们还有过一次约会。现在一切似乎倒转了过来。我成了那个偷情者。或者，本身，这就是合同之外的活动，是违背职业商业精神的。

那天，我和满妹去了南大北园。我们俩就坐在学校体育场的正中心。我对满妹这么说："你真有了钱，就也来这里读书吧？"

满妹笑了："南大文凭卖吗？"

我说："你可以来作家班，不用考试，交两篇作品，花钱就可以。毕业也容易。"

满妹说："那我不是作家呀，没有作品。中学时候我的作文分很低的。"

我说："那还不容易，我替你写几篇，用你的名字发在晚报的散文随笔版就可以了。等从深圳回来，我再给你看看我们南大著名诗人大海的口语诗，你保证你只要熟读三遍，小学文化也能连写几天几夜。"

那天，满妹穿了一件淡蓝色的连衣裙，那蓝色纯得让我都久久不敢伸手去摸。夜色深了，操场上，有几个学生在跑圈。里面，还有几个老外留学生。

满妹说："南大真好，我要是有孩子，就送他来。只读南大。"

我说："好呀，要不要先试试你还有没有生殖能力？"

于是，我们又在洒满月光的南大操场上做爱。身边摆着我采的野花。我们都没有脱衣服。只采取最简单的姿势，外人就是看见也只会以为是情侣们在拥抱。

那一切，现在想起来真的和梦境一样。即使在人生的最低潮，只要能想到那一夜，我和满妹就那么在南大，像月光照在了另一种月光上。我就会觉得人生很有意义，人生的主要内容就是找到快乐，储存快乐，回忆快乐。哪怕明天，天就要塌下来。

在黑夜里，我们抱在一起。那种没人看见或者关注的抱让我觉得自己挺有信心。关于人生或者爱情的信心。

那夜，我和她只做了一次。因为我心里总在担心。我知道自己在担心什么。那就是我担心黎明，我知道白天很快就要来了，然后满妹就要走了。

满妹第二天去的深圳。她自己说那天她的眼里还带着眼屎上的飞机。香港胖大款派自己手下来护送她。他自己则在深圳的房子里温着XO人头马举着宝马车的车钥匙和别墅的房产证等她。因为满妹送过我玫瑰，那天，他还买了大概一千多玫瑰，炫耀他的实力。

11

离开满妹的第一年，我似乎过得特别匆忙。那一年，在我的记忆里，似乎短得就像一天里的一个梦。眼一挣，时光就流过了，我就醒过来了。

满妹在胖大款不在深圳的时候，总会给我来电话。在电话里，她叫我南京老公。一开始她还要我发誓，在她离开的时候，我不准去找别的女人。后来又觉得这样对我可能不公平。她怕我寂寞。她还在电话里对我说："你可以去，但别去找妓女，你跟谁都可以。我就不喜欢你跟妓女。深圳这里满街都是，脏的很。我就怕你得那些见不得人的毛病。"我想起街头电线杆上贴得专治性病的老军医的小字报。就笑了说："南京这边还没有吧。"不知道为什么，也许是她的话对我起了作用，深刻地影响了我的人生。这一生，直到现在，包括国外，以出家高僧宁老师的名义发誓，就是再憋，我也从没有去找过妓女。

后来，满妹又把一个她在金陵饭店的时候的小姐妹赵苹果介绍了我。说我要憋急了，可以和她去约会，上床都可以。她说赵苹果是金陵饭店里出了名的豪放女。

无聊的时候，我真的去和赵苹果看过几次电影，跳过几次舞。那时候，南京刚刚才有卡拉 OK，我们还一起去唱歌。我最喜欢唱的就是王杰的《一场游戏一场梦》。我唱的时候特别投入。拿赵苹果的话就是连脸都唱拧了。赵苹果和我在一起的时候，虽然全是我买单，但还总是一脸的不屑。她总是说，她最奇怪的就是为什么满妹那么好的女人会喜欢上我。她觉得我挺呆头呆脑的，就是口袋里有几个钱，也是靠满妹挣的。也许，这就是生活的本质。你也许看不上她，不过她也可能根本就看不上你 .

或者，在豪放女赵苹果脑海里，我就是传说中那种吃软饭的男人。南京话叫“花竿”。赵苹果说话比满妹还直接，一次她这么说：“黄翔，你又没有钱，又不能打，床上估计也是软蛋，这样的男人，也算男人吗？”我笑了，说：“我懂博尔赫斯，存在主义，我懂后现代，懂雨果。你们那些能打能干有几个臭钱的人懂吗？”像男人一样说话和战斗这样的话，如今也就被正在澳洲大牢里的前南大开除生老虎回忆着。而特别说到雨果，因为我喜欢这个名字，虽然，上大学后，他的小说我是再也看不进一眼。

那夜，我在电影院里疯狂地吻了苹果，还扯断了她的文胸，然后又粗俗地摸了她的全身。然后，趁她一阵喘息和颤抖的时候，我转身就走了，我迈着大步走出了电影院，头也没回一下。我的存在主义人生就是这样。我总觉得，满妹虽然和苹果一样的没文化，但她其实是理解我的，不然也不会喜欢我。但赵苹果则永远不会理解。

第二天，赵苹果就给我打来电话，她先用那南京特色的脏话骂了我几句，然后说：“黄翔那天居然你也给我吃药，一走就不回来了。我还以为你丢了呢？”

我说：“我去洗手了。洗了一夜才干净。”

赵苹果这回听懂了，她哈哈大笑：“你这南大小白脸还敢这么骂我的身体脏。”

我问她：“那事情你准备跟满妹说了吗？”

她格格格的一阵浪笑，说：“当然要说了，我跟她说，你那南大的小白脸有时候还挺粗狂，有点野性。你求我我就不说。”

然后她又说：“不要你求了，我已经说了。”

我说：“那满妹怎么说？”

苹果这回是一阵奸笑，她说：“满妹说你好可怜，在南京给憋坏了。她还说要给我寄钱，让我陪你上床呢。她叫我跟你说，千万别去找妓女。”

有时候，南京生活，就是那么一种对白。无所谓文化，也无所谓不文化。

不过，对满妹在深圳怎么样，其实我是一点也不清楚，也不关心。我总觉得那里会是她的天堂。在深圳，满妹有户主写着她名字的别墅，还有宝马车，京巴狗。一个南京丑小鸭，在深圳起码在别人眼里早已是华丽的白天鹅了。钱，就这么改变着一切，包括我。

有段时间，我甚至潜意识里拒绝去听满妹的电话。我知道，她的声音里就是有悲伤，也是故意说给我听的。我只能感觉得她的快乐。一个女人彻底战胜了物质以后的笑声是不一样的。赵苹果的笑明显就不是那种境界。你突然给赵苹果一万块，可能她才能那么假装笑几下。真不是我看不起她，赵苹果的笑，更多的也就是在自己安慰自己，自己给自己找笑。

12

那一年里，有一次，我去广州出差。突然间，我想去深圳看满妹。等我到了长途车站的时候，我又没有了欲望和力量。回去后，我在单位用手砸了办公室窗上的玻璃，一连十块，几乎被同事们送去精神病医院。其实，在广州的酒店的时候，我就想那么砸了。我一直憋回到了南京。第一次犯了那我日子老犯的毛病。

以后，我设想过，我人生里那样的一年真是太多。我的一生大部分时间其实都是在等待。年复一年。我在科大少年班就白读白过了两年。等来了和宁老师毫无意义的三盘围棋。有时候，我们是为别人活的，为别人去下那围棋。在我感觉时光虚无的时候，我就这么想。

我怀疑人生的意义的时候也总这么想。如果哪天，你突然看见我在下围棋，也许我那是在为杨杨或者别的什么人而下。

那期间，戴戴也去美国了。他回西安的时候，去了我家看我父母。虽然，他明知道，那段时间，我不可能在西安的家里。他去美国的前四年，我都再不没有得到过他的任何消息。如果把戴戴算条牛，那美国就算是海。泥牛入海，就是那样的效果。

杨杨有时候还会在美国给我写信。那时候，电脑时代还没完全来到，也没有互联网和电子邮件的出现。如今，我则只会在多伦多接到她短小精悍的电子邮件。有一次，杨杨居然用全英语给我写。害我查了半天字典。她说，我也应该学学英语了，以后有用处。在那封信里，我似乎也很少可以看见什么杨杨对我讲的心里话了。也许，她真正长大了。真正长大了的女人都会学习虚伪和掩饰，哪怕是对自己最好的朋友。我就这么在信里一再地看见杨杨的假面。忍受不了的时候，我给她回信说我已经恋爱准备结婚了。

杨杨于是要我寄新娘的照片给她。她甚至求我给她寄。

我只好又写信说："新娘逃跑了。"

袁星则还来南京去南大和我跳过一次舞。她说她也恋爱了。男朋友是清华大学建筑系的高材生。她说，她男朋友不喜欢跳舞。走上社会的袁星和大学时代完全不同。在南大，我甚至会感觉我是在跟另一个也叫袁星的女人跳舞。我觉得社会就是那么轻易地改变着大家。

昔日不会重来，就是在我这种描写梦境的小说里，我也不得不这么地写。我没有向袁星说我和满妹的事情。我觉得她肯定会以为我得了非常严重的脑震荡后遗症。

我只在信里和美国的胡杰提过我和满妹的故事。在我的朋友们里，我就觉得现实派大师胡杰可能可以理解我。而且，我也是通过他，才在金陵饭店里认识满妹的。他算我人生里永远的红娘。为此，我的一生都感谢他。

没想到胡杰在信里，也说他真的不理解我。不过，他又安慰我说，每个人都有自己生活的方向和方式。他是不喜欢存在主义。但不会不让我喜欢。他说，无论和哪个女人，作为男人，你只要能找到快乐，就应该知足。

“不要对人生要求过高。”这个嫁了美国富女的南大帅哥最后这么说，可能他在美国过得就要求一点不高。

每天，我从梦中进进出出。我祈祷那一年快点消失。忽然间，我也想离开南京了，去一个新的地方。我有那种感觉。新的地方会有新人生和新的小说，如山如绸的感觉不会改变。

人生里总有那些必然的悲欢离散，就像那些南大舞会。没有不变的舞曲，也没有不变的舞伴和不变的南大。你跳完舞，你的灵魂也跳完了，于是回到了原来的位置上，梦境依然。

第六章　辞职

一盘城市的棋　继续呼吸

我是活在城市里的五彩甲虫

1

也许我就等了一年，也许我等了好几年。一年是不是就等于好几年。在梦境的瀑布下，我是真的记不清的。我总是细心布置我的梦境，像热爱园艺的老外布置花园。梦境中，起码再没有人会指着我的背影，像尼采对着镜子说瞧一个美人一样地说，瞧一个神童。没用的神童。步入社会以后，我更加觉得自己是一盘平凡的棋。杨杨般的高手们已经散去，我再怎么折腾也还是俗手不断，自挖自填棋眼。

一度，我在等待中忘记了那一年之约，我感叹过时间如飞，但又在时间的飞动中变得麻木。苦恼之余我还找这样的借口，说是社会的进步，让我这么变化和麻木的。物质社会繁荣的前提，就是现实和自我的消失。

我甚至还是消费起了那所谓的机票钱。常常周末一个人去金陵饭店吃一餐。

有的时候还去南大和读研究生的同学们打麻将。我点炮以后，会学着满妹的粗口，一边骂自己一边用力打自己耳光。我是真用劲的打的，那会，我恨自己。所以一场麻将下来，要是我口袋空了，那我的脸一定是肥肥红红的。

我明白自己是胆怯的是有历史背景的。在玉米地事件后我就知道人生险恶。我忍受了，所以我完整了。实际上，我自己受的伤害一点也不多。只要我不去假装勇敢。勇敢不值钱。我还想，那些人间流传的神童故事，只不过是其他不喜欢早熟的孩子的人，编造出来的。中国，其实真的从没有过真正的神童，包括杨杨。

就说记性吧。如果我真的曾经是神童。那我怎么会忘记我应该怀里揣着啤酒瓶去深圳的时刻。但我至少还记得我所谓的女朋友满妹正在深圳的某个豪宅中，等我去和她结婚。她一边摸着麻将，一边不耐烦地等着那个来自南京名叫黄翔的放鸽人。

我必须承认，我还是就那么去了深圳。我还被允许走进了那栋别墅，住了好几天。站在那栋别墅的最高层，你再踮起脚，就可以远远地看见一点香港。

我还看见，门口停着的宝马车，像一只一会死一会又活的大鸟。那车是白色的。从满妹的电话里我就知道了。说实话，我不算喜欢白色的车，直到现在都不喜欢。坐在这种颜色的车上，车速太快的时候，你会觉得你的生命和白云飞散一样脆弱。

事实上，在我来深圳的前几天，我跟满妹打过电话通知她。我说：“期限到了。”

我听见她轻轻地说：“真快呀，一年了吗？”我说：“如果从南大操场那夜算起，再过一周，就正好一年。”

然后，我听见她问：“南大操场是怎么回事情？”我以为她装糊涂。

当然，到了深圳后，我知道，她当时是真的糊涂了。她刚刚嗑过药。她仅仅在深圳一年，就上了瘾。一般，那样的人会很瘦，但单从满妹的外表，还是看不出任何破绽。她和以前一样漂亮，脸上的气色一样好。我甚至觉得，那时候的满妹妹，由于学会了打扮和修饰，已经比在南京的时候，看起来更高尚优雅了太多。请大家注意，我特地用的是高尚而不是高贵。

2

我并没有带啤酒瓶去满妹的房子。我只带了在南京采好的早已干巴了的野花。我觉得我自己的心里已经带了那样一个瓶子。这野花就是那样的一个瓶子，可以完全放倒不让我带满妹离开的那香港大款。回忆我的人生，只要我不是勇敢的，我就从没有吃过任何的大亏。

我在深圳住了一周。满妹还开着她的宝马车带我去珠海兜风。

她还为我办了澳门游去澳门的葡金酒店赌钱，我们一个小时内就输了好几万块钱。在澳门期间，我和她做了一次爱。

因为输钱后，我很有一种失落感，觉得自己是一种真正的失败者。一个小时就输掉了自己一年多的工资。我真的已经一年没有做过了。懊恼中，我就在可以看见大海的那个窗口边，一边看着大海，一边从后面拥住满妹。最后的一刻，我觉得自己的身体一下子空了。我的皮肤里没有了任何坚硬的东西。软弱也可以带来快乐。人生真的只是美好和快乐。我流了眼泪。一旦我觉得昔日重来，我就会那样，可以说是快乐，也可以说是悲伤。快乐和悲伤不分是一种智慧。

其他日子，我都没有再碰过她，我意识里似乎希望离她远远的。就是坐在她的车上，我也总是很自觉地坐在后排。有一夜，她似乎记起了南大操场之夜，非要开车带我海边做爱。那时候，我已经知道，她已经成了瘾君子满妹，不再是从前的南京满妹。我看见她老是打哈欠后去厕所，一去就是半天，出来后两眼发亮。

她从来没当我的面用过那些东西。那个香港胖大款为了我来，特地跑去了新加坡办事情，以避开了我。满妹人前人后都是叫他胖子。我可以感觉到，这个叫胖子的人才是那别墅真正的男主人。不过，他总叫他的几个高大手下时不时来看望一下别墅的女主人。用啤酒瓶撂倒我的那个，倒真的没再见到了，胖子给了他一笔钱后开除了他。据说那小子还救过他。

我还知道，胖子有时候也用那些东西，但他一点瘾也没有。他自称是全世界唯一的一个猛吸但可以一点也不上瘾的人，他的身体和血液里藏着那个秘密，他说他的一切的一切都值得戒毒专家们去刻苦研究。

在我知道满妹用那些东西后，我要带她回南京的决心其实已经烟消云散。所以，当满妹说再给她一年时间的时候，我觉得这话应该由我说才对。我说："我可以再等你一年，如果你愿意的话。我再次发誓。"

满妹说，她要我等，因为她真的想离开这里。她不喜欢这里。不喜欢那些粉。她只不过还想从胖子那里再弄点钱。我知道，那时候的满妹妹对钱的胃口已经被迫变得很大。

然后，我说："让胖子出钱，去把它戒掉。不然，下次，我不来了。”我离开深圳的第二天，满妹也出发了。她去珠海金鼎的一家宾馆似的私人戒毒院戒毒。

她说我应该把她忘记一年，一年后，她就还会是那个从前的南京满妹。回到南京和我在南大操场上做爱，举着我代写的散文或者口语诗，入读南大作家班成为知识分子。

3

回到南京，后来的那一年或者那几年，我似乎真的忘记过我的地图满妹女士。我开始和别的女人约会，和跳舞。心态也和以前发生了巨大改变。

在晚报里我则已经混得一塌糊涂。晚报办的可读性强些，但依然还是属于南京的党的另一个喉舌。所以本质上，这是一个正经严肃认真的文化单位。

晚报里，谁都知道，我的女朋友跟香港大款跑了。所以，他们总是原谅我，一个软弱的男人，在生气的时候继续用手砸碎办公室窗上的玻璃。我去医院包扎的时候，同事们则再不会有人去陪同了。他们都习惯了，或者他们习惯了一个失败的男人去拿无辜的玻璃发泄，玻璃对于爱情，就应该更倒霉。

因为前一个一年之约，所以，对第二个一年之约。我的态度，就是顺其自然。在梦里，我梦见过满妹戒毒成功。她开着她的白色宝马车，从南向北地一路狂风般回到了南京。

有一次，我差点和一个在南大跳舞的认识的陌生女人上了床。我只知道她是从合肥来南大进修的老师。连她的姓我都没问，她也没问我的。我和她说到合肥的时候说到了科大，她居然就特别激动，因为她的丈夫就是科大老师。然后我告诉她，我也在科大待过两年，还是所谓的少年班。也许她老公就教过我。然后，她看了我半天，估计就那时候下了决心。

我本来想在南大专家楼和她做爱。她临时住在那里。但我最后还是没迈进那道门。一周后，我又去找她。我们依然只做除做爱外的事情。这一次，我本来就是想，只去看看她，看看自己有没有不做爱的毅力。

临别的时候，她对我说，别再去找她了。她也不是那样的女人。要是真做了她会特后悔。上一次，因为她想见识一下前神童，控制不住好奇心，才想和我做的。

我说："你好奇神童什么？"

她说："不是都说他们只发育了大脑，生理上很差劲吗？我老公对他们最有偏见。"

我说："那你试错对象了，因为我不是一个合格的科大神童，不能算是正常的神童。"我知道，我在床上的表现是合格的，甚至可以说是出色。

后一个一年里，我就这一次机会和女人上床。这次机会最好。以后似乎就没什么机会，我也放弃了去寻找那些机会。因为我太怕自己在做的时候想起满妹。只要那时候想起满妹，我就会突然地丧失欲望，成为阳痿。和合肥女人的时候，我曾经强迫自己从脑子里抹掉满妹。我差点真的做到了。所以那一次，我在灵魂上表现得是一个出色的舞者。在生理上，则还是一头呆鹅。其实，那些有关性的舞蹈，是纯技巧的，没有一点点灵魂在里面。但是事后，我还是特别地感觉不舒服，像重感冒了一样。没有了别的女人，这让我知道，我和满妹，真的是带着爱情，带着灵魂做爱的，那样我才愿意真正地投入、快乐和回忆。

反思的时候，我被自己说服，我必须承认，过去我和满妹做的时候，我带了那些爱情或灵魂。所以，在往后的记忆或者生活里，关于做爱的记忆，我已经离不开她。就像满妹总是戒毒失败，离不开毒品一样。她勾住我的，也许就是那种关于做爱的毒品。不管怎样，单从做爱，直到今天，她依然是我人生中的最为美好的一个。

4

我还记得胡杰从美国回来后来找我的那个下午，我又刚刚砸完晚报办公室的玻璃。我手上包了纱布。

总编则又找我谈了话，说我再砸的话就真的开除我了。因为晚报的人都说忍够了我的砸玻璃。有人投诉他总做有关家里玻璃被砸的噩梦。大家对弱者的同情是有限的。总编老先生也是南大毕业的。他毕业自上世纪六十年代的南大中文系。所以念在校友的份上，他总是不断地严厉警告我。然后写条给财务，从我工资里扣去维修费用就完事。

看见胡杰的时候我挺吃惊。不过就四年多功夫，他又回来了。看起来却和大学时候完全换了一个人。美国是个好地方，真的让他的气质变得洋气了不少。但最让我吃惊的倒还不是他的美国化气质，而是我总是感觉他老了，只是样子没显老，心肯定是老了。拿句俗话就是岁月催人，而胡杰的美国岁月更催人。

我本以为他只是回国来看看。就问他："怎么找到这里了。"

胡杰笑了，说："总不能约在南大十一舍见吧？"

他然后约我去金陵饭店吃饭。他说，回南京后，金陵饭店这里就是他的据点了。他说："出国前，就对你说过，以后我会征服这类地方的，无论是美国的还是中国的。"

胡杰还说，他已经在美国签了正式的离婚备忘录，但还没有正式签离婚协议。他这么说，让我有点一头雾水，离婚就离婚。难道大人物离婚都要先签离婚备忘录?

反正，他已经拿到了美国身份。说到这里，胡杰面露得意。他回来就是一海外华人了。胡杰还说在美国他也赚了不少钱，没便宜那些美国佬。现在他则太想回来报效祖国和母校了。

胡杰说："不过我会常回去的，美国是我第三故乡。南京是第二。我要回去看我的女儿。我爱她。"

他没有多谈他的美国婚姻。其实，从他信里我就知道，他的婚姻肯定不快乐。所以，他早就暗示过我，他的离婚是早晚的事情。

胡杰说："我已经承包了南大里面我们最常去的餐厅南芳园。以后我们兄弟们都可以在那里吃饭了。这回回来后我马上还要回美国。把那个离婚弄完。我在美国可吃了不少苦。结婚是这些苦里的最苦。"

我问他："然后你就回来当南大小饭店的老板？"

胡杰大笑，说："哥们，你真的毫无想象力了！我去美国镀金，就为了当那种小老板？我是想回来干一番大事业的。"他还告诉我，他的美女妹妹在海南炒地皮也发了财。现在，他有实力了，不用美国前妻的钱也没有任何问题。

那段时间，他一周两天住在金陵饭店，五天还是回南大挤学生宿舍。他说他太怀念住在南大的日子了。第一天他回到南京看见南大的校门他就热泪了几把。

在金陵饭店的时候，胡杰马上就和豪放女赵苹果打得火热。我介绍他们认识。当了一回皮条客。有时候，赵苹果当班的时候，胡杰看见了她，也会把她拽进房间。胡杰总对我说："赵苹果这只苹果你应该试试，她的性格挺西化。好味道。"另外，胡杰又火速地插上了一个南大美女研究生。他说他很迷那个女生的假正经气质。插这样的说法是南京土话。所以，在金陵饭店，他用赵苹果；在南大，他则用"假正经"。

胡杰，后来又回了美国半年后，才正式地回到了南京。他的公司就设在玄武饭店。主要是搞进出口贸易。他还非要拉我入货。说封我做他的副总经理。我说，我太笨毫无下海经验。我只会帮你写写广告稿。

胡杰拍了拍我的脑袋说："你忘记了我和你配网球双打曾经很无敌吗？我很喜欢你站在我身边的感觉。再说，你好歹年少时候也聪明过。做生意这东西学起来很快。跟着我，你会找到你的人生意义的。"

说到满妹，胡杰说："把她也叫回来吧，叫她多带点钱做股东。"

我说："那要等她戒了才行。"

5

一开始，我并没有马上从晚报辞职。反正我每周用在写稿采访上加起来可能也就十几个小时。我写稿倒真是快手，晚报第一快。

同事们戏称我为“跑得快”。在晚报的那几年，我换了好几条线。最先是商业，后来是社会，也跑过党政，甚至客串过体育。

其实我挺喜欢这个工作，就是对自己写报道时候缺乏一种真正的社会责任感还有些不满。我觉得只要自己真正地拥有了那种责任感，就会是一个出色的好记者。其实，我骨子里挺想当一个好记者的。一开始工作的时候，我还从不收红包，被大家视为怪物。

胡杰的归来，却让我觉得，也许，当记者是我人生里的又一个类似神童那样的误区。有一天，我翻了一一翻过去自己报道的剪报。觉得没法找一篇，能说明自己的记者人生是有意义的。

网球场上，我则开始输给海归的胡杰了。一方面，是他实力强了，另一方面则是我手生疏了。在心理上，我也开始输给他。那段时间，他已经买了一辆5系列的宝马车代步。他说他在美国的时候，他是不开这个牌子的车的，但他前妻开。他开林肯。回来后，没看见林肯，就买了宝马了。他买的宝马是一红色宝马。和满妹的白宝马的颜色挺对立。我想象过，如果我在旷野里看见两匹野马，一匹是白色的一匹是红色的。我想我会更喜欢红色的那匹。白马总让我想起白马王子这句老话。我对这话有心理障碍。

胡杰来接我去五台山或者南大打网球的时候，总在我宿舍下面猛按喇叭。于是大家都知道，我的大款兼海归朋友来了。有段时间，同事们包括几个还单身的女同事都纷纷向我打听胡杰。我则称胡杰为南京十大杰出王老五。他离婚了，所以他和我一样属于单身。胡杰对单身的定义就是可以和任何人上床而没有不道德感。不知道为什么？那个时代的知识女性似乎还对这种招摇过市的海归大款有少许敌意，我的单身女同事们居然根本就没有认识胡杰的积极性。她们总说："对这类的情场老手看得太透。"我知道，要是把当年的胡杰放到二十一世纪的南京，肯定早就被那些起码大学毕业的知性女人当场抢撕了。现在的女人们，已经没有了那些旧时代的顾忌了，开出的征婚条件，不是房子就是车子。

不知为什么，胡杰在打网球赢我后，总会觉得我是故意输他的。他总说："哎，连老神童在这年头，也学会讨好人了。"也许他在大学时代从没有在网球上赢过我给他留下了太大的心理阴影。有时候，我和胡杰还会配双打，但却换成了他在前面大力劈杀，所以也没有了当年的那种感觉。时代改变了，就连我和胡杰打网球的格局也随着改变了。

6

胡杰的生意，开始越做越好。他小子有点做生意的天分。幸好没有做生意的少年班，不然少年胡杰肯定是其中的真神童。只是一开始，我还企图对他保持着一点距离。我总觉得生意人和文化人是两种人，应该过着两种不同的生活。但胡杰则说，其实都是一种人，都是普通人。他说，他也懂莎士比亚，懂存在主义，懂艾略特。也在大学时候崇拜过大海的口语诗。他也是正牌的南大中文系毕业。他还懂天文呢。在转系前，他就会在宁老师哭天抢地想要去没去成的南大天文系。全国大学唯一的天文系。不过，他说在利益面前，你虚伪了，那你就会失去人生中的机会。

所以，胡杰有一句口头禅，那就是，别虚伪。有一次，他把一个做三陪的南大在读的研究生在夜总会里推进了我怀抱，他就这么说:“别虚伪。”他每次给我开工资的时候，喜欢给我现金。他摸到真金白银的时候，也会两眼放光。那时候，他会说:“点一点，在钱面前，别虚伪。”

也许是在我的梦境里，我等满妹等得真的已经不耐烦了。同时，我觉得自己做好记者的可能性也越发渺茫。我终于辞职的时候，我爸爸妈妈都一致反对。他们喜欢我本分地做好那个党的喉舌，一个南京小记者。那是铁饭碗。但那时候，社会上已经开始流行下海。觉得能下海的人，都是弄潮儿。

那时候，胡杰公司已经搬离了玄武饭店。他在南大后门附近租了一个两层的房子。他的生意开始上规模了。招聘的时候，也常有南大师兄弟闯将进来，强烈要求在公司里委曲。

所以，当我一本正经地坐在胡杰公司的副总办公室里的时候，我觉得自己的人生也许会有一个新的开始。我会赚到钱的，也会有自己的宝马车。当我有了自己的宝马车，我就会去深圳，去把满妹接回来。不过，想象里，我一定不买白色的宝马。

期间，满妹只回过一次南京，还是因为她妈妈病重。她回来前，我被叫去医院守了她妈妈一周。精疲力竭的时候，我觉得她妈妈看我的眼神就像看一个没用的准女婿。

满妹是在金陵饭店请完她过去的小姐妹后才给我打电话说她回来了。她到酒店外接我。在夜色中，我看见她的时候，她依然戴着一副巨大的墨镜。

她临走前一天，才叫我去金陵饭店她开的房间。她没有住回她用一个月为他父母挣来的那套雨花台附近的三房一厅。我和她在金陵饭店的客房的清晨的阳光里做爱，像温习一本旧日语文。从心里话，我觉得我人生中最有意义最快乐的部分，其实就是和满妹做爱。直到今天，我依然还是这么坚信。

等两个人平静下来的时候，悲伤猛然袭上我的心头。因为，我发现了只不过二十出头的满妹的脸上也有了一种沧桑感。我很恐惧地看到着，知道她可能就要老了。

我问她："还要我去深圳接你吗？"

满妹站起来，点燃香烟，走到了窗口。她的裸体的线条则还没有能看出任何的沧桑。窗外是开始日新月异的南京市中心新街口景色。她呼出的烟雾袅袅飘起。

她说："你也去做生意赚钱了，我不喜欢呀。"

我说："那你喜欢我去做什么？"

她说："我喜欢你坐在我身边看我打麻将。那样的日子，好像都过去几十年了。我真的喜欢过去的日子。"

我追问："那还要我去深圳接你吗？"

她说："再等一年吧。"

明年复明年，那种那样的青春岁月的日子，让我即使在梦境中，也真的非常不安。

7

不能否认，在胡杰的公司发扬壮大的过程中，我也起过极其重要的作用。在几单有关公司存亡的大单里，我也曾经灵光一闪，拯救于胡杰于水火之中。我靠的是所谓我的神童预感。我防止了公司被骗。如果说我真的在年少时候当过神童，那成年后，我身上唯一神奇的就是那种身上偶然出现的预感了。

或者，由于胡杰还是在美国久了，我比他更熟悉中国国情吧。考大学的时候，考政治的时候，只要是分析中国现代的题目，我总得加进这种词“中国特色的社会主义”。

公司的生意越做越大。我和胡杰的网球也越打越多。胡杰喜欢在打网球的休息时间谈生意。他觉得这样很酷很派。一个电话，基本就搞定了大方向。下面就是让手下去忙。公司的人员也越来越多。最多的时候上了百人。胡杰还决心走出南京。他在全国挑上海和成都，先成立了分公司。一度，我强烈建议在深圳也设一个分公司。那样，我就可以常驻那里了。胡杰说，暂时还不行，他就喜欢我站在他身边的那种感觉。

其实，后来，南京建国后最大的那个假茅台案，根子是出在了成都分公司经理的手上，那人是胡杰的妹妹老公的同学。他对胡杰说那是一批真茅台。胡杰自己都不敢相信会有那么便宜的茅台。但在过程中，他应该已经发现是假的了。那几天，我发现他特别焦虑，可能就是他已经知道手上拿到了几百万的假货。

假茅台和真的几乎一模一样。用的是同一个厂做的酒瓶和包装。也就是说，除了里面的酒，其他的就全是真的了。那假酒估计就是让茅台厂厂长来认，也不见得能马上分出真伪。胡杰心虚，连我都没有告知真情。

是赵苹果举报的假酒。她不满胡杰甩了她。她说她爱上胡杰了。还为胡杰丢了金陵饭店的工作。金陵饭店开除她的理由是她工作时间和客人做爱。胡杰却只甩给她十万块，就要她卖了这爱情。她不稀罕那钱。所以，她在一次和胡杰的赏假茅台酒的酒宴后，从喝多了的胡杰得知了连我也不知道的公司机密后，赵苹果认为她教训男人不珍惜爱情的机会来了。她举报胡杰后就远走了他乡，在之后，我再也没有得到过她的任何消息。

8

胡杰是穿了一身名牌去的局子里。那天，加上表，胡杰全身上下号称上了二十万。我也被叫去协助调查。这是我人生中第三次坐在公安面前录口供。这回面对的不是刑警而是经警。结果，胡杰被当场拷了下来。他和他的名牌被一起送进了号子。我被放了出来，但被告知要回去配合公安的一切调查。在局里录口供的过程中，我紧张地结巴了起来，还不停地两眼冒金星。出来后一周以后我说话才重现变回流利。

最后，是成都分公司经理顶下了一切。他被判了十年。本来也是他陷胡杰于不利。为了把胡杰弄出来，我甚至动用了满妹的香港情人胖子在南京的关系。后来，胡杰在海南的美女妹妹也来了南京，她还在金陵饭店请到了局长本人吃饭。那时候，海南房地产已经崩溃，胡杰的妹妹的投资被套在了一座小岛上，那座小岛本来说要特批开赌场的。有人出一倍的价格，胡杰妹妹都没卖。泡沫破灭中，降到三分之一的价格都没有人要了。其实，胡杰妹妹买这个岛的时候，自己都没去看过一眼。套住以后，才去岛上住了几天。发现，涨潮的时候，这个岛的面积马上就缩水一半。可上家却是按涨潮前的面积转给胡杰妹妹的。

胡杰妹妹不仅貌美，而且的的确确就是一个真正的新时代女强人。她那时候焦头烂额，哥哥还被关在里面，随时又可能被判有期徒刑。拿她自己的话，那就是自杀的心都有了。但她在大家面前依然是谈笑风生，一副人生美丽满足的自信样子。

胡杰出来的时候，他妹妹已经远去了上海。结果她在上海搞定了那个会自动缩水的岛，一家大银行出头为她买下烂账。

我开着胡杰的红宝马去接胡杰。他被判无罪开释。我发现也就几个月，胡杰已经瘦得不成人样。他在里面的时候，我被允许去看过他两回，当时就已经发现他正在越来越瘦。见一次瘦一次。胡杰在接风宴上说他在牢里其实还算不错，大家对大款还是比较尊重。无论是警察还是同牢的犯人，都没人打他。他估计是他的美国身份起了绝对的震慑作用。

公司几乎在那起茅台事件里土崩瓦解。胡杰都委托过我去车行要贱卖他的红色宝马车了。后来，还是胡杰美国一米四的前妻汇来了一大笔美元，公司才得以惨渡难关。胡杰总说那钱是前妻借给他的，但我见他等他账上有了很多钱后，也没见他有还的意思。

再以后，胡杰开始变得低调和谨慎。像换了一个人一样。他的身体也恢复了。给我感觉是他还是又老又瘦，那种感觉类似我刚见他从美国回来的那刻。他也不再愿意开红宝马招摇过市。但他还是舍不得卖，就让我开了。他自己则开一辆他以前最看不起的出租车款的普桑。他也再不穿名牌了。就是对女人，他也开始宣扬要找有爱情的。他说，性是性，他胡杰历经江湖人生后，还是觉得真爱更可靠。

9

胡杰东山再起的过程中，我一度变得有些局外。那段时间，我老是心不在焉。我去了两次深圳。一次，我没对满妹说，就直接去了她别墅。我毫不在意，香港胖子是否在场。那天香港胖子正好在那里。我们一起吃了顿满妹做的家常饭。三个人就像一家人。

我走的时候，是满妹送我去深圳机场。她在路途中，把车开进了一处停车场。我和满妹大白天就在那里做爱，身边总有人晃过。我和她也毫不在意。她压在我身上，轻得好像一片无家可归的白云。说实话，潜意识里，我就是去深圳找她做爱的。这是我全人生中最美好也被我认为最有意义的事情。我只有不断地重温它，才会有心情继续我的梦境般的快乐人生。

第二次去深圳是因为满妹怀孕了。她还拒绝拿掉。当然，那不是我的错，我种的种。那次，她发誓要把孩子生下来。她说她不能忍受一再地杀死自己的胎儿。她已经为胖子流产三次了。我和她，就几次，还没有机会让我的小鱼这么得逞过。

满妹那段时间一天给我十个电话，她总在电话里重复说，她准备和这孩子一起去了。我听说母亲有瘾的话，也会传给胎儿。所以，我赶去深圳也是去做她的思想工作的。香港胖子也不想要这个孩子。

就在那天，我第一次动手打了香港胖子。我冲上去给了他的鼻子两拳。因为我看见他当着我的面打满妹。因为满妹想吸在闹，他就动手了。这狗东西，正是他害满妹吸上的。他还打她，这么对待一个为他怀过孕的女人。

这几乎是我人生中第二次主动动手打人，以前只打过少年班时候弱小的北京“大前门”。对方还是有保镖的人。我也不怕了。那天正好有两个在场。但那刻我是真的不怕了。我觉得我一直怕其实就是怕自己。我怕了这么多年了。当时，我也杀他的心当时都有。他的保镖上来按住了我。但胖子一边捂住鼻子的血，一边阻止了他们。我知道他觉得他理亏了。因为，他对我说过，要我对满妹一千个放心的。如今，却把满妹送到了这样的悬崖边。

在得知满妹去了医院完成了手术后，我就没再见她的面就赶回了南京。这次去见满妹，没有做爱。回来的路上，我甚至有遗憾之意。不过我更遗憾的是，自己身上的男人血性真的太少了。少年时代的玉米地事件对我伤害太大。不然，我应该有能力痛殴胖子一次。

我回到南京后，和胡杰去警察学校练了两个月的枪。胡杰有个朋友在那里当头，他便宜地卖一些号称是学生们用剩的子弹给我们打。但据说，一般学生直到毕业，也就开个几十枪。他们总在那里练瞄准。而我和胡杰去，每次一人都要打一两百发。一块钱一发。

两个月后，我已经练得弹无虚发，就连陪我们练枪的警察都在一边说，以后和我们要是枪战，就惨了。胡杰则说，在美国他可是真有持枪证的。

我一只眼睛受过伤。所以另一只眼睛就特别好。射击正好只要用一只眼睛。所以，我具备成为神枪手的基本素质。闭上那只伤眼的时候，我总想，玉米地往事已经早已消逝。也许哪天，我还真要去跟香港胖子去枪战。那样，就是和普希金一样死了，估计也再没人会说，我黄翔因为小时候尽长脑子，长大了就长不成一条汉子。

10

必须承认的是，我人生中也有着某三种毒品，那就是神童，艺术和爱情。

成年以后，昔日神童故事早已破灭。我变成一个普通正常的男人。不少人不仅不说我神，还喊我笨蛋。我的身上有着那么多因为智力早熟而带来的生理毛病。在胡杰公司里，我同样砸过几次窗户的玻璃。这被他人认为是我的精神疾病的早期特征。其实我心里明白得很，我要摆脱的人生阴影太多，所以，我总是看见是那万恶的玻璃把我前方真正的光明遮挡了。玻璃透过来的是虚伪的被过滤的光，所以我总有那种去打碎玻璃的冲动。我渴望着我人生中真正的自然的光明。

艺术也害人不浅。艺术观念还成为我和胡杰之间的一条看不见的沟壕。虽然，我是去了加拿大多伦多以后再开始写书，但我骨子里，其实还是一直以为自己很文艺的，我总觉得我最后一定会回到艺术的故乡的。

我的晚年理想就是，当我回到家乡，书店里早已摆满我写的小说。我想象过一个类似凡·高的艺术人物，他总是在下午的时候去打碎他面前的那些玻璃如同亲手割下自己的耳朵。都在流血。所以我总是对我真正的事业，让我挂着副总的胡杰公司，总不能做到一种真心真意的投入。

有时候，只要想到爱情，我就会想，这也许是我人生中一个最大的误区。某天，当我带着所谓的爱情，去做爱的时候，我的一生就摆脱不了那种所谓的真爱的感觉了。有时候，我觉得我只是爱一个自己想象中的满妹，我想象自己坐在巨大橡树下，等着自己错误累累也伤痕累累的女人从远方归来。我陶醉于这种想象，这种被他们认为是脑震荡的后遗症的很严重的人才会看见的景象。

当远方，满妹戒毒失败的消息一次次传来。我有段时间像犯了自闭症一样，都懒得开口和人说话。既然是在扑火，那何必去弄个满堂彩。当然，胡杰找我，我还是要回答的。因为我还没犯晕到连饭碗都不想要了。好歹，我在享用着他的红宝马，挂着他的副老总。人前人后还是很威风凛凛。胡杰回美国去看望他的混血女儿的时候，我还要代理他的老总角色去发号施令。虽然，那也只是我去按照他的电话和或者传真去做做事。

所以，我会仰望南京的蓝天去感谢胡杰，觉得他回到南京是命运对我的一次精心策划。当然我还会感谢那些其他人，杨杨，袁星，西琴，戴戴，老水甚至包括寒风，等等。我没后悔我已经摆脱了命运对我的第一个安排，那就是做一个虚伪的南京小记者。虽然，未来我会变成谁，那时候还看不出一点，我虽然有预感，但预感起自己，却总是一团浓雾。

冷静的时候，我也想去戒了那三种我的人生的毒品。我想像一个真正的男人一样去来来回回地在南京的大街上游走。自由自在，没有梦境。我必须离开自己的躯壳了。那里面埋藏的梦想太多。于是，昔日必然无法重来，这话一时成为了我人生中的又一句警言。

11

胡杰公司运作上市的时候，我作为副总，却已经被排除在了上市五人领导小组之外。胡杰这次和他妹妹强强联手。那段时间，他的美丽妹妹会时不时地飞来南京，亲自在公司坐镇。其实她比胡杰还有大老板气质。把我排除在这种高度机密高度肮脏的领导小组外，也是他妹妹的意见。她对胡杰说，总觉得我不可靠。她到没怀疑过我对公司的忠诚度，只是她认为那种黑幕重重的事情，可能会让前神童的我，还对社会抱有天真理想的我会极不适应。

但最后，胡杰还是分了我一些内部股。他对我说："黄翔，拿去吧，别虚伪了，虽然你没对公司上市做过任何具体贡献。那是我作为兄弟上一辈子欠你的了。还有，我们俩的网球双打，是永远无敌的。"

胡杰是买壳上市。其实都是靠她妹妹的关系。他妹妹那时候已经是上海金融街上有名的美女庄家。我亲耳听见她打电话对她的手下说："那我们这次杀一个亿。"一个亿，在上个世纪九十年代中期，那已经是一个完全可以令我目瞪口呆的数目了。

我在十五块的时候就卖掉了胡杰分给我的股票。没等到那股票后来涨到五十块。就这眼力，让胡杰开始彻底怀疑我是否有那所谓神童般的预感。他总是嘲笑我和财富擦肩而过。或者说我信不过公司。其实，他是不了解我，对于财富，我个人是非常容易满足的。不能让我满足的是爱情，和完美的性爱。

当然，三年半后，这股票又跌到了三块三毛钱。报纸上写，那是那股票上市以后的历史新低。那时候，我已经坐在了从加拿大多伦多回国的飞机上。我是在飞机上的香港报纸上突然看见这一新闻的。

我总觉得那些股票是胡杰送给我的分手礼物。我感觉自己离开公司的时候就要到了。因为胡杰总说，说我不适应中国残酷的民营公司的生存环境。骨子里，我是个理想主义的知识分子。他说资本的原始积累事情则是充满必然的原罪，美国那时候也这样。

胡杰有一天说他想了三天三夜，才想明白。他说我是个百分百的文艺青年和爱情偏执狂。有一段时间，他试图把他一个纯情情人，一个南大大四女生介绍给我做女朋友。他做得很巧妙，他知道我作为前神童，会有逆反心理。有段时间，他总是带那个纯得让我起鸡皮疙瘩的女生和我一起打网球，然后他则总会接到公司的紧急电话。我看出他离开的时候的那种笑，很暧昧，也很感人。我知道他是为了我好，想我能真的摆脱我的那脑震荡后遗症女人满妹。他总是说，一个人吸上就完了，在美国街头的那些无家可归的人，基本都是因为吸那玩意，才在一个福利社会变成人类垃圾的。

12

所以，我开始瞒着胡杰和满妹联系。我不想让我的朋友兼老板看出我其实是一个不可救药的男人。我跟满妹就是飞蛾去扑火。她是我的人生地图。那年，我又几次自己开着红色宝马，去深圳找满妹。那几次经历，现在想起来，真的和做梦一样。我在我人生的梦中，骑着自己的红色野马，飞越千万里，只为去找自己的爱情做爱。

我自驾车去深圳一共大概是三次。

第一次，我根本没见到满妹，她去欧洲旅行了。当时，我的红车和她的白车就在她的院子里停在一起，好像它们俩比我和满妹更像一对情侣。

满妹走后家里就留下一个保姆看家。那是一个二十出头的来自四川达县的小女孩，四年的深圳生活，还没有全部抹去她脸上残留的山区女孩纯朴的红晕。我和那保姆聊了十几个小时的天，我们根本不谈满妹，只谈她在深圳以前工厂里的打工经历。当她知道我以前做过记者。她说那我一定要把她的故事写下来去发表。她的故事里最惊人的部分就是她被厂里的香港工头骗奸过。当时，我就一个感觉，只要你执着，那你也许真的就会是某一个小说的主角。

当时，我一边听别人说故事，一边以欣赏的目光观察着那女主人不在时候的那所房子的一切。说实话，以前来，我还真没那么仔细观察过。

第二次，我在香港和满妹汇合。然后我们在一家大酒店的套房里做了三天三夜的爱。连去逛街的时间都没有。本来说好要抽一天去海洋公园的。那段时间，她号称已经完全戒毒成功。她说她已经开始计划要回到南京了。我说别回南京了，我都想要离开那里了。我们或许可以像以前一样计划去个巴黎意大利之类的地方。那一次见她，我和她基本都没抽时间说说话，我们总在在做爱，做爱，像要把那分开了好几年的爱全补上做了。

然后我就在满妹想象她回南京后，和我在金陵饭店的婚礼时候，呼呼大睡。

第三次，我先见到了香港胖子。那次，我已经卖了胡杰公司的股票。我说话挺自信。我跟胖子说:“大限到了,要归还满妹了。就是香港,不也要在这年回归我们祖国的怀抱了。”

胖子则说:“好,你让满妹自己选择吧。”然后,他就很阴险地在笑。那一刻我忽然预感到了,其实胖子真是只笑面虎,是他在用毒品害满妹。也许他比我更爱满妹,但谁又在乎这种有钱佬的爱情。他们只会买卖,就是爱情也要用钱去买。我想,如果我和满妹真的会有未来的话,那就一定要摆脱他的这种金钱人生观。

在晚餐上我才见到去外面打麻将归来的满妹。我想起自己曾经也把胖子打得鼻子流血,就得意起来。觉得自己不完全是个弱者。在吃到一半的时候,我要满妹当场说明,那就是,到她表态的时刻了,她必须选择,是跟胖子还是跟我回南京。

第七章　移民

我羡慕阳光　因为它并不特别美丽

1

我是在深圳的某个无人的海滩边开始和香港胖子的“决斗”的。满妹开的车，跑出去似乎很远。她就这么无情地选择了这么一个我和胖子都不擅长的领域。胖子说他愿意和我比烧钱和赛车，而我则说愿意和胖子比比写口语诗，或者比射击的准确度。后来，因为想到我年轻时候常常缅怀的诗人普希金为情决斗的故事。我真的激动了起来。我在脑海里有默读了那故事十遍。赤手空拳的搏斗，太刺激！这也给了一次我自己战胜自己的机会。

也许女人就喜欢看男人为她打架。满妹挑了一块岩石坐了下来。没有了保镖的胖子看起来就像一只泄了气的皮球。后来知道那是他装的，为了迷惑我。胖子难怪能把生意做那么大，他实际上比三个我加起来都狡猾。事后我才知道，他在香港一周去一次拳击俱乐部。

我第一拳轰过去的时候，觉得我的国民党上校武术教官祖父那一刻上了我身。我终于敢了，敢像一个男人一样去为自己的女人战斗了。深圳海边的风真咸。胖子开始反击的时候，我嘴唇上的血还没有那风感觉咸。我的心理先崩溃了。原来，他虽然胖，移动起来比我快多了。拳还狠，一种生意场上人的那种你死我活的狠辣。

胖子轰倒了我，成为胜者。当他回头，发现满妹早已离去。还是他跑了几里地，叫来出租把我搬回了家。不然，我就要一个人像不死的尸体那样躺在深圳的某个海滩上了。在回去的路上，我在梦中看见了我祖父飞檐走壁而来，说要教我正宗的太极拳。

而我则回答："晚了，真的太晚了。"

满妹在我和胖子决斗后失踪了很久。我自己感觉我也没脸再见她，就独自回了南京。一段时间，我觉得自己真的要永远离开她了。我一度感觉到了那种心灵自由后的感觉。在胡杰的诱导下，我还开始和别的女人约会。但总是到要上床的时候功亏一篑。我开始怀疑自己离开了满妹就不行了，硬都硬不起来。在性爱上，我还没有能一下子治愈满妹依赖症。

2

几乎有一年，我再没有得到满妹的任何消息。直到香港胖子给我打来电话。说他和满妹已经结束了。满妹妹去了加拿大，她是旅游去的，但她留在那里不准备回来了。目前正在那边弄身份。他对我说："你要是想找她，就去加拿大吧。我不会再妨碍你们了。"

加拿大？另一个遥远的深圳？我去那里继续为满妹像男人一样地战斗？我觉得自己真可笑。我开始厌倦自己的那些有关满妹的过去。放下胖子的电话，我长长地出了一口气，那一刻，我真的以为自己已经可以把满妹从心灵深处放下了。人的本质总是自私的。我觉得我离开了满妹，自己应该可以活得更好一点。卖掉的股票的钱，也可以让我去过一过自己想过的生活了。我就不信，离了满妹我就不能活了，真的不能做爱了。

那一年，杨杨从美国回来探亲。她来南京看望了我。在美国，她也终于成为了另一个神童的新娘。她结婚了。她说，来南京找我下棋。想看看我这么些年围棋进步了没有。当她看见我开着红宝马去机场接她的时候，她猛然间觉得我原来在国内混得挺好呀。那时候，她已经读完了博士。杨杨说，她还没有决定是回国还是留在美国工作几年。

我没有和杨杨下围棋。我不敢和她下。我不想让她看见我离开她后在围棋上的毫无进步。我开着车带她去南大的舞会跳舞。当跳到一个我们的旧日舞曲的时候，杨杨流了泪，我则轻轻地吻了她，当着其他南大舞人的面。但轻得一般人会毫无察觉。她已经是别人的妻子了。她的人生和我的完全不同。但我还是情不自禁地在那旧日舞曲里吻了她。忽然间，就在那个轻吻里面，我觉得我也想去远方看世界了。我要像杨杨戴戴那样，去那些遥远的地方飞一飞，活一活。不管那里，有没有满妹，或者别的爱情，我都想去。我想经历点杨杨经历过的生活和国家。

我和杨杨的关系最高就到达了那种吻。在那个吻里，我感觉到了她对我的一片情谊，是那么潮湿细腻轻盈。那种旧日朋友远隔千山万水的感觉真的让人心碎。我送她回酒店的时候，一度起了通常男人会起的色心。我想，试一试，看能不能和杨杨上床，尽管她已经是别人的妻子。现在的她，完成是一个成熟气质迷人的女人了。

但我总觉得我和她隔着一层牛皮纸。这层纸打着友谊和过去的烙印，让我难受。我想起以前，自己想过跪下来求杨杨上床的念头。

我最终没有上杨杨的房间。也许，正如胡杰说的，我和杨杨都太虚伪。但我又一次吻了她，我把她拉进我的怀抱，那个吻是一种货真价实的吻别。我转身离去，眼睛里满含着快乐的眼泪。我走得很快，我不想让亲密朋友杨杨看见我的情绪。

等我回到车上，我发现了杨杨留的一个盒子。我打开盒子，发现是她把那民国云子又送来给我了。我的眼泪终于喷发而出，我哽咽的厉害。自己回忆起来，自己活到那么大，都没那么伤心过。那些泪水是我自己为自己的过去而流。滴在围棋上，无声无息。

我开始痛恨自己的虚伪。还是那句话："我觉得两个相互喜欢的男女，一定应该上床，不然对不起自己的人生。"在这里，我想对每一个我的梦境的读者说，你的一生都一定要牢记我的这句话。这句话绝对不虚伪。是我真正的人生经验教训，比我的小说还重要。直到今天，我活在多伦多难得的暖冬里，还在青肠青肚地后悔，那年，同样是在南京的一个冬夜，我没有去流着泪跪在杨杨面前。没有和我心灵中的舞后去做爱。

我可以号称我战胜了那句话，我让我和杨杨的关系没有受到任何污染。但也可以说，我其实是输的，在杨杨那里，我其实已经输的一无所有。

3

就在那年，我开始正式递表申办移民加拿大的手续。我说服自己，自己去那里，绝对不是为了满妹，去追寻那个地图。我只是要去杨杨戴戴们去过的地方去生活些日子，这样我的人生才完整。我办的是技术移民。因为我在晚报当过几年记者。这样可以靠上编辑这个可以办技术移民的技术。杨杨还从美国给我寄了一些学习英语的书。

我等了一年，去北京见了移民官。当我等到体检通知的时候，杨杨打来电话，说她和她先生终于决定回国了。他们要回去北京的中科院。我问她，是你决定的还是你先生？杨杨说是她。她说回国是她以前出国前就想好了。回到中国，他们有机会独挡一面，实现人生理想。

我在去加拿大前再没有见过杨杨了。我们几乎同时出发。我去加拿大的温哥华，她回我们的首都北京。在梦境中，我想象我和杨杨是同一种类但生物钟完全相反的候鸟，她去冬天的时候我就去夏天，在天空中，我们擦肩而过，一生再不相遇。

出国前，我还从老水那里找到了戴戴的电话。老水，那时候要去日本做博士后。那时候的他已经有了另一个美貌女人做妻子。不过，他告诉我，他还和别人的妻子张景有来往。张景还扮演过两年他的地下情人。张景更喜欢做老水的情人和而不是妻子那角色。在科大也总是考试不及格的张景已经在职读完了博士。她在去英国留学后，还保持着做老水的情人，不过那已经是纯精神上的。

我打电话去给戴戴，那时候他已经在斯坦福读完硕士在著名的英特尔公司工作了。戴戴很惊奇我也要来海外了。虽然我和他已经多年没见，但凭着他对我的了解，他还是断言，国外生活不会很适合我。他说，他挺想象杨杨那样去当海归，去成功。

他问我：“你来北美干什么？”

我一时想不到恰当理由，就说：“写小说。”

戴戴在电话里一副茫然，说：“北美华人很现实的，这里大家都是关心房子车子工作之类的问题，不文艺，不小说。”

我说：“心里文艺就可以。”

本来，我想先去美国看望戴戴后再去温哥华的。后来觉得要带不少行李，又要去签美国的证，就算了。我想既然都在北美，那样就有机会重温旧日友谊的。

胡杰倒从不反对我的出国。他一直以为他的美国经历是他一生最宝贵的财富，也是他成功的必要条件。那段时间，胡杰公司的股票价格已经涨到了五十，创了历史新高。巨大的成功感开始让胡杰蔑视一切失败行为。因为我是在十五抛了，所以他更加觉得我毫无商业才华，毫无预感。他说我就应该出去换换脑筋了，不然就真的该去跳长江了。

4

初到温哥华，我住在了移民接待站。所谓移民接待站，就是某一个华人租的或买下的大房子，把它隔来隔去改造成了家庭小旅馆。一度，我几乎迷上了温哥华的大海，还有那绵绵雨夜。北美，原来就是这样的，一个遥远和华丽但又不失宁静的地方。

刚到那里，我没打算找什么工作。据说，移民温哥华的人不少都是全世界的大款，他们带够了钱，没准备来赚加币，是来这所谓全世界最适合人类居住的地方享受人生的。

我也带了一些钱，虽然那离大款的距离还很远。我觉得自己在国内也忙碌了日子，应该有权去享受下生活。生活毕竟折磨过我。

也许，我人生中最大的折磨，不是少年班，而是和满妹。现在，这一切都在温哥华，没有了满妹，昔日，真正地变成了过往云烟。

在温哥华等待政府免费的英语学习，是要排长队的。无聊间，我开始想写字。我觉得看看大海睡睡觉写写字的生活挺不错的。我住的地方离大海还很有些距离。我就每天步行一个多小时去看大海。看完大海，我又开始给大学时代的梦中情人校花刘兵写那种被烧的情书。一度，我真的以为我已经把满妹从我的记忆中抹去了。所以我在记忆里一开始是选择的刘兵。但我一想到刘兵，然后就还会是满脑海的满妹，她们俩长得是真像，但只有满妹带走了我大脑的基因，成为了我一生的噩梦，或者说是美梦。她如今也在加拿大，就也不知道躲在哪里？

我还常去海边看人家用捂臭的鸡腿钓海蟹。看见别人开着游艇去大海深处晒太阳，我也会嫉妒那种蓝天白云大海的幸福。受了刺激后，回家我就给胡杰打电话，怂恿他也来温哥华。

我对他说："胡总，这里，海边大别墅，大游艇，大沙滩，大海涛和无数大波女郎在等着你来消费呢。"

胡杰在大海那边笑着说："让你移民就是派你去打前站的。作为中国新一代海归精英，我还是有使命感的。不像你黄翔，就知道逃避和享受。等我把我公司的股票炒上一百块，我就去温哥华度假，和你开游艇泳装派对。"

我说："胡总也开始虚伪了，还泳装啥呀弄个折羞布绕来绕去的，这里的温哥华大学边，就是全球有名的裸体浴场。"

胡杰说："哈哈，我们中国人不是喜欢含蓄吗？再说我们的肌肉也不美。虚伪。虚伪。在美国的时候，我也总被我前妻说我太虚伪，等我回国，就专用虚伪打击你们这些人的劣根了。”

那年，胡杰的美女妹妹也弄了一个加拿大身份。不过她只短暂地呆了一下，就回了中国。她说她在中国要忙死了，根本没时间享受人生。她来的时候，我刚刚考到车牌。我买了一辆宝马 320，我选了白色。本来，我是不想选这个颜色的。不知为什么，最后下单的时候，还是定了这个颜色。当时，我就想，满妹在加拿大是不是还开白宝马。刚拿到车，我就去机场接胡杰妹妹一家。他们只在这里住了一周，我帮她们订了一间海边的全海景的酒店。海风总是能默默地充满着他们的套房。我还带她和她先生看了不少海边的房子。胡杰的美女妹妹说：“还不错，明年来买个几栋吧。”

她还问我住哪里？我说：“我说租的一个小公寓。”那时候，我已经搬出了移民接待站。她妹妹笑了，说：“啊，你开着宝马租房子住呀？人生太不完美了。看看，你把股票守到今天，这里的海边大房子也不在话下呀？”

走的时候，她还对我说：“等我们明年来这里买上几栋房子，就派你看房子了，洗游艇了。那时候你算成公司的海外游艇分部的总经理，也开工资。”

5

我在温哥华呆了大概一年，没等到当上那个看房子洗游艇的经理，就去了多伦多。我是开着那辆新的白色宝马车去的。车里面就是我在加拿大的全部行当。

去多伦多，我是有点神差鬼使。都说是我在温哥华被海风吹得吹寂寞了。其实，我不得不检讨自己。因为我在梦里，忽然预感到，满妹没有在温哥华。在那个半人半兽的梦境里，我不止一次地看见她，正在另一个加拿大的大城市多伦多，和乌云一起飞舞。

我开了四天多。半路上，我住在汽车旅馆的时候，还曾非常痛恨和鄙视自己，我觉得我又回到了过去的老地图中。还觉得自己去多伦多，将是一种巨大的心灵失败。我一边恨自己没用，一边又向往多伦多。我还安慰自己，也许满妹并不在多伦多。加拿大这么大，地广人稀，我和她可能已经终生都不会擦肩而过了。

有路上，在一家酒吧，我还遇见了一个主动上来搭讪的巴西籍的妓女。她满头的金发，中间则染了几缕红的。胸大的让我转过头去吐了几次舌头。以前在温哥华的街边便利店里看见的《花花公子》的封面女郎也不过如此。我和她谈了一会话，替她买了两杯酒。她反复问我是哪里人？我说是中国。后来又具体到了南京，西安。她说还以为我是日本人。但我没有和她去做交易。一是因为她说我是日本人，我觉得万分的侮辱。二是因为我在动摇的时候，忽然想起了满妹，她说过叫我再憋也不要去找妓女的。

离开满妹后，其实我已经很久没有过真实的性生活了。在温哥华，我觉得孤独的时候，我就先想一会大海的口语诗，然后就写一点口语诗风格的小说。然后，就觉得发泄完了。胡杰和戴戴都说，这样下去我会变态的。他们劝我赶快去真正地恋爱。

但我总在想，什么才是真正地恋爱，我和满妹的算吗？也许，我和杨杨的纯友谊才更接近那种所谓的真正的恋爱。

我是在将近黄昏的时候在高速路上看见多伦多被标在还在前方一百公里的。我知道多伦多，就快到了。我觉得那些高速公路上的车流，就像是我在温哥华看见的三文鱼回流。汽车如鱼，人生如水。我预感到了，那些多伦多乌云，还有和大海的一样的湖泊，还有来自北极的寒流，以后就会是我长远的伙伴了。我将在多伦多真正地掩埋一些东西，那些，就是我自己对自己过去的叙事诗。还有就是我余下的全部人生了，都要在那里埋了。

6

刚到多伦多，我是住在少年班时候的老同学毛金家，是杨杨帮我和毛金联系上的。毛金在合肥的时候，还帮我打过北京“大前门”。毛金先是去美国读的博士，现在在多伦多大学做数学教授，年薪十万加币，号称是全多伦多大学最年轻的终身教授。除了杨杨，毛金是我仅剩的还愿意见的少年班朋友了。

我自己开车找到了毛金在多伦多中区的一个高尚地带里的独立屋。当他打开门的时候，双方都愣了很久。如果不是事先联系过，我们真的不敢相认。岁月终于像流水一样洗刷了我们的外表了。少年班时候的样子，都已经完全随风飘散。

第一天，我和毛金谈了一整夜。直到第二天，他必须要去多伦多大学给学生们上课。他说“我真的必须走了。”我们谈到过去被我和他群殴的老忘记拉裤子拉链的北京“大前门”。毛金说，那小子如今在一个大软件公司当全球副总裁兼中国研发集团总裁，在北京有五个女秘书。前后两次登上过《亚洲周刊》的封面，号称少年班里古往今来的最成功者之一。

毛金说，“大前门”如今在北京的业余爱好是骑马和练瑜伽。同学们去找他的时候，他总会说："黄翔那小子怎么人间蒸发了，他是个失败者。"还说，他现在人生里最大的理想就是找黄翔再干一架。说他现在的总裁气质就可以把少年班的逃跑者黄翔当场掀翻在地。

我说："这下好了，你跟他说失败者黄翔如今流浪到了多伦多，就约在安大略湖边练吧。你叫他买了私人直升机飞过来。你还可以跟他说，黄翔在国内的时候就专门找人在海边为女人决斗。以前总输，唯一只赢过他'大前门'总裁。"

我和毛金更多的是谈到了杨杨。毛金说："那时候，大家其实都很奇怪成绩最好的杨杨会和成绩最差的黄翔成为好朋友。这在当时的少年班被称为是哥特巴赫的第二猜想。老师都为这事情找杨杨谈过话。大家都知道你们俩老到校外去跳舞。是又嫉妒，又纳闷。"

我说："我和杨杨，那是人间最美好的友谊。如果说我没得到人间的美好爱情，那人间最美好的友谊，就是老天给我的补偿。"我们俩还一致认为海归的哈佛博士杨杨将会是中国最年轻的女院士。我对毛金说，我有那强烈的预感。

我和毛金的谈话，让我们觉得自己身上，居然还有着不少孩子气。

7

毛金就要结婚了，他的新娘还在国内，是一个电视台的半著名节目主持人。据说挺风流。但毛金说他不在乎。他不过一直在担心他是否能在床上应付得了他那未来的性感美丽风流主持人老婆。

他对我说："这么多年，我最大的遗憾是，我可能成了我同学们里最后一位处男。”他还说，叫我去街头叫一个金发美女来培训他几周。他说他一个人的时候，几次那么想，就去找来了报纸上应召女郎的电话，但还是没勇气拨。毛金说：“我要早有那勇气，还能留下成这少年班的最后处男吗？我人生里最大的勇气，都留给全人类光辉的数学事业了。”

当我听毛金说自己直到现在还是处男，还真是大吃了一惊。在我印象里，毛金是那种又聪明又善良种友谊的孩子，是名副其实的好好男人。现在，他又事业有成，做上了世界名校的年轻教授，还拥有着多伦多上流阶级的大房子。不像我，一直就背着流氓神童失败神童的人生阴影。我的事业就是没事业。虽然我也开着宝马里最便宜的车种，银行里还放着一些在中国的淘金，但有时候还是会感觉自己孤独和失落得犹如被这个世界遗忘的儿童。我总觉得这个世界应该对毛金这样的好人人再好一点，让他的人生完美。

毛金和他的中国新娘是通过别人介绍认识的。他们只在北京见过一面。那次毛金还同时见了对方的父母，就把事情定了下来。毛金对美女主持人挺惊艳，她的名字就叫金艳。而金艳的父母对毛金最大的满意就是两个人的名字里都有金，他们觉得那肯定是财运滚滚家庭幸福的象征。他们说，在北京也有比毛金赚的多的生意人追金艳，但老两口骨子里还是喜欢知识型的有钱人。十万加币年薪足够保障她女儿的幸福了。毛金连忙解释，十万年薪交交税买买保险也剩不了那么多，其实就一半多点。金艳父母说，他们的女儿虽然姓金但不拜金，就是有点小资而已。他们觉得他足够有能力照顾好她了。

毛金说金艳真是一个尤物型的女人。他还一直对自己是否有能力享受和控制这种人间尤物有着深刻的忧虑。他们平时一般就通通电话，在电脑上聊聊。从没有面对面的语言和身体上的谈情说爱。毛金甚至怀疑金艳在北京还有情人，不过他觉得这很正常。金艳这样的女人身边没有男人就是不正常。

毛金还有一个担心，就是他和金艳的后代会像谁。他总说，要是像了他就不好了。在北美这个地方，学习好是不会吸引异性的，人家会觉得你是一个书呆子。这里流行体育好、社交好的开放型孩子。所以他担心孩子像了他就不会有一个快乐的青少年期。他说，要是像金艳就好，肯定不愁谈朋友。

那次见完面，他们就办了结婚手续。因为要为金艳办移民签证。毛金提醒他还没有上过床的新娘说："来了加拿大，你可能要改变一下自己，因为没人再当你是主持人追捧你了。北美生活的一个特点就是寂寞。"

金艳对加拿大充满美好向往。她是那种盲目的西方崇拜者。她说："没关系，你不是多伦多大学教授吗？你帮我走走后门弄到多大读个硕士博士就可以了。那样，我的人生就足够幸福快乐。不行了，我还可以拿着洋学位再回北京。"

8

在金艳就要来多伦多之前，我还真的用电话为毛金叫过一个应召女郎。其实在北美，父亲为儿子的第一次去叫个应召女郎也不鲜见。

我们俩在小报上翻了半天。毛金显示出他那种数学专业的严谨和谨慎性。他拿着放大镜去看那些女人登在报纸上的照片，看了又看。最后他选了一个长相最清纯、身材最苗条的金发美女。他说："其实也有老外女学生喜欢我，我却总是不敢。我就是无条件给她钱，也不敢去和她约会和上床。"

我笑了："那你真是全世界最害羞和最善良的男教授了。国内现在的搞性交易的教授也有了，都损害你们教授的清誉了。"

听到这话毛金突然严肃起来，他说："你不用给老教授们套上人性的枷锁，教授们在生理上也是普通人。就像我，一想到自己还是处男，就觉得我的人生其实一点也不成功，还不如你黄翔自由和洒脱。不管怎样，你爱过做过恨过。"

我用电话约金发女郎的时候自己也挺紧张。一方面是我的英语不够好，另一方面是我总觉得她会以为是我本人要和她交易。我起码结结巴巴地说了五六篇地址。我在电话里就告诉她不是我是我的朋友。我还对她讲，如果她有时间，我朋友可以包她一整天。因为他需要她很认真也很耐心地教他做爱。

我说："我那个朋友还没有过经验。"

那个女人听声音好像和她登上报纸上的照片一样，挺年轻挺纯。她说一整天，她要一千块。但不能玩变态，我请教了毛金才弄明白她的全部意思。

我说："没问题。"

我们俩一起等着那个时刻的来临。毛金还特地用了他从没有用过的男士香水。他穿得衣冠楚楚。估计将来他去自己的婚礼也就这状态。他准备是先带她去吃一餐高档西餐，红酒玫瑰一番后，再让对方把自己彻底解决。

我怕毛金放不开，就在女郎按响门铃后就回我的房间蒙头大睡了。我偷看了一眼那女人，她还长得真不像是个妓，像是毛金手下的美女大学生。先听见毛金用流利的英语和她说了半天，然后就听见门外车发动的声音，他们真的先去吃西餐了。

然后，我就睡了过去。我回忆起我的第一夜，觉得自己永远对博士西琴充满着一生的感激。同时，我又想到满妹，我的她的性爱是那么完美动人。让我觉得自己没白做一个男人。她真的就会在多伦多吗？

我本来想爬起来再给校花刘兵写封要烧的情书。电脑时代来临后，我唯一用笔做的就只剩这件事情了。我想用刘兵来压制我对满妹的想念。我完全是因为刘兵的存在才爱上满妹的。后来，迷迷惑惑中，就真的来到了梦境。我梦见毛金的新娘金艳，我，毛金和那个纯情外表的金发妓女四个人躺在一张床上，还梦见金艳从后面轻轻地搂住我，而毛金却在和金毛女人一起跳裸体舞。

9

第二天我是被毛金叫醒的。他叫我起来吃早餐。我睁眼看见阳光的同时看见了毛金微笑的脸。看见他的微笑后，我本来以为他会告诉我一个快乐圆满的故事。没想到他说："看你睡了，不然昨夜我想叫你起来一起聊的，看她跳舞，那真是艺术。"

原来，过了昨夜，他基本上还是那个原来的他。他说："在吃西餐的时候，她一个劲地说我是她遇见过的最绅士的中国男人。我那个多大教授的架子就放不下来了。其实她也读过大学，没学费就没读完了。她说她赚够了钱还要去读。最奇怪的是，她说她喜欢数学。其实，我教数学那么多年，没见过几个真心喜欢数学的西方女孩。我下面带的硕士和博士都是亚洲人。”

然后，毛金继续说：“后来，我和她还谈起了描写数学家的好莱坞的奥斯卡得奖大片《美丽心灵》，她说她都看了五篇这电影，这电影是我的最爱，却也就看了三篇而已。我们回到家就继续谈数学和《美丽心灵》，她和我一样都看过原来那本传记，我们一起还争论起主人公是不是双性恋。”

我说：“真没做爱？”

毛金难堪地撮了撮手说：“到后来，我觉得她就是我的学生了。根本就没做爱的想法。要不是想到她是做妓女的，我真的想和她做好朋友，甚至给她去申请奖学金，读我的研究生。”

我叹了口气，说：“我终于明白了，为什么这么多年，你还是一个处男了。”

毛金很艰难地说：“也许我已经不算童男了。黎明的时候，她非要为我跳脱衣舞。我本来想叫你一起来欣赏的。她跳得真好，很职业，很艺术，像条上岸的美人鱼。以前她去美国赌城拉斯维加斯做过脱衣舞娘。当她一下子坐在我腿上的时候，我就忍不住了。这样，我就已经不是一个纯粹的处男了。然后，我就一点生理欲望都没有了。真的，就觉得男女关系，好像这样，谈谈电影，说说数学，跳跳舞，干干净净才是最高境界。我给了她两千块。一千块算小费。”

那天，多伦多的阳光特别鲜艳特别耀眼，让我觉得那种刺激很奇怪。

10

我想如果不是教授毛金的新婚妻子金艳的到来，我可能会在毛金教授那里多住些时候。我觉得我挺喜欢那种阶级兄弟般的友谊氛围的。一如我过去总是和戴戴胡杰们在一起那样。金艳在北京还只是电视台的二线节目主持人。在大学时候，她还认识我的同学张桃花。他们也是校友。如今的张桃花，在北京到已经是著名的节目主持人了。他的妻子也是同一个电视台的制片人，那个节目搞得就像他们家的夫妻档一样。张桃花主持节目是以刻薄冷峻著称。

我想接机回来的那第一夜，就应该是毛金真正意义上的新婚之夜。我总觉得他们的房那边半夜里会弄出很多响动。结果，我树起了耳朵，毛金的主卧室那边居然是一片死寂。毛金在这方面看来是真需要被好好培训培训。

金艳还没有倒好时差，就已经开始用那房子的女主人的口吻和我说话。我也开始自觉地交上每个月四百块的房租和两百块的伙食费。金艳还一再说喜欢我的车。看来中国美女们都英雄所见略同。毛金告诉我说，他下个月就要换车，也要买宝马了，因为金艳不喜欢他的日本丰田吉普车。金艳说她想毛金再买一辆给她开。毛金实话实说，其实这大房子他也是按揭供的。他首付才百分之五。还有那丰田吉普车也都是分期付款。虽然十万年薪，其实也是每分钱的花法都是算好的。真的没有能力再养第二辆车，更别说是宝马车了。

我觉得我在毛金家要住不下去了。金艳的性格很西化，很物质。她的到来破坏了我所喜欢的温暖人情味。西方人就是那样把钱看得很重，分得很清。我开始约经纪看房子了。我准备买一套小一点旧一点便宜一点的房子。

每次我和经纪去看房的时候，金艳丽也要跟去。反正她在家除了学英语也是无事佬一个。结果被我看上的房子，总是被她说不好。弄得经纪只埋怨我没主见，浪费他的油钱。我知道我口袋里还有多少钱，什么样的房子应该属于我。我一直在加拿大坐吃山空着，都快两年了。幸好，多伦多的房价比温哥华便宜得多。

我最后买的是一套小平房，只有两间卧室。有三十多年的历史。金艳丽则说，这是全多伦多最简陋最便宜的别墅了。刚来加拿大的半年内，她都把有花园的房子都叫别墅。连在一起的就叫联合别墅。毛金的大别墅到有二千五百尺，四个卧室。花园里有一棵巨大的苹果树和一棵不大不小的樱桃树。

这个小房子的花园倒还算不错。我最喜欢的是，那房子的花园里种满了十几棵紫丁香。我去看房的时候正值丁香盛开。因为我在西安的时候，铁一中里，也到处都是这种花，一到初夏，就全是这种令我难忘的芬芳。

还有，我喜欢那个房子，还因为它的车库也不错，那是房主自己后来翻盖的。说穿了，我心里还是挺宝贝那辆最便宜的白色宝马的。我总觉得那宝马车是能带我去我的梦境或者说地图，那是能让我黄翔去飞翔的白色翅膀。

11

就这样，在加拿大一个房子一部车，几乎花去了我所有的积蓄。

花完钱的感觉很爽。在内心里，我还不停地对胡杰和改革开放致谢。我已经比大多数中国移民起点高多了。移民其实是一种人生里最大的心灵冲击，你是去一个异国他乡从零开始。

离开毛金家的时候，我问毛金新婚性福吗？他以为是说幸福。他说："还不错，金艳比我想象的温柔。婚姻也比我想象得圆满。"

我知道他没明白我的意思，就问："那后悔做了这么多年的处男了？"没想到毛金却说："在精神上，我其实还是处男一个。我其实是为了一种使命结婚的。为了爸爸妈妈，为了孩子，为了金艳，为了体验，为了同学们不在用奇怪的眼光看我。我再不结婚，同学们都传我是同性恋了。如果没有这些，我倒喜欢，就和你像兄弟一样，永远住在一起，谈天说地，笑傲江湖。"

虽然，我没有因为买车买房负债，但也必须去工作赚钱了。因为养车养房还有养自己都需要钱。钱钱钱，如果说我对钱真的有了正确和积极的认识，那还是因为这移民加拿大和生活在多伦多。我在这里最早每个月还需要有两千块加币的开销。

一开始，我找了一个帮人看披萨店的工作。一天工作九个小时，一个小时九块钱，一周工作六天。一个月正好可以赚两千块。老板看见我开一辆挺新的宝马车来上班，吃惊的要死。他自己不过开一个日本二手车而已。他总以为，那车是我偷来的。

有段时间，我什么也不想，也不写任何东西，就只想一个月能把那两千块赚回来维持我的多伦多简单生活就可以了。有天，我给胡杰打电话，说我成了一个多伦多小店员。他说，他一点也不会奇怪。因为北美就是这样，需要靠具体的劳动赚具体的钱。要说机会，也全在国内，不然，他会当海归？不过最后，他甩了一句，说："不行就回来吧。”

那段时间，干完活，我回到只有我一个人的家里，内心特充实。我总觉得，我人生的梦境，在多伦多，得到了很好的延续。我在梦中等我的真正的未来。我觉得我出国以后最好的一个改变就是变得有耐心了。有些乌云和有些阴晴，都是人生中的必然。

12

有的时候，我还是会在周末去毛金家吃饭。我每次去，金艳都很开心。这种感觉和我住在她家的时候完全不同。她喜欢我以一个客人的身份来访。我知道，她已经知道了，真正的北美生活是非常寂寞的生活。有客来访，真是家中的大事和喜事。他们也换了新的宝马 X5。金艳则在拼命考驾照。她已经四次没过了。她在国内可是有驾照的。金艳说再不让她过，她就去买枪扫考官。

我是在毛金家认识艾米的。当我知道她也是南大的时候，我真觉得，我好像早就见过她或者认识她甚至和她跳过很多次舞。我在记忆里找来找去。后来，当我提到我是中文系毕业，她又提到作家班残疾朦胧大诗人车先生的时候，我才真正地想了起来，原来我真的见过她。那时候，她总跟在车先生后面，坐在台阶上看大家跳舞。

我说:“那你现在还喜欢诗歌吗？”

艾米说:“诗歌我永远喜欢。就像生活我永远喜欢一样。”我不由地乐了一下，她的说话也像在认真读诗。

艾米那时候还在多伦多大学读书。她读的是精算师，已经是她在多伦多大学读的第二个硕士学位。我知道她还有一个男朋友在国内，那人是在电视台搞摄制的，不写诗歌，不写任何和文字有关的东西。他总说要为艾米拍一个电视诗剧。剧本九年前，车先生在南大作家班的时候就写好了。艾米说，她就是为他那个诺言和他好上的。

有一次，我和毛金一家以及艾米和她的几个中国同学在安大略湖边烧烤，艾米朗诵了那诗剧中的一段。她说她最喜欢睡在床上的时候朗诵些这部诗剧，然后她会睡得特别香。不然她常失眠。所以她都有眼袋了。

我觉得艾米也挺固执的，这么社会化移民化了居然要靠朗诵着这种连我现在也不想去多看的东西才能入睡。早不是诗歌的年代了。听说车先生目前也就在北京靠找了一个崇拜者老婆养着，吃着软饭。旧日风光早已烟消云散。

但在她朗诵的时候，我还是流了泪。不是因为诗歌动人。是因为我想起了南京，中国，和我过去中那些分不清悲伤还是快乐的破烂爱情。那一刻，我看见南京就埋在这安大略的湖下面。和沉船那样。以前，我以为到了多伦多后，我觉得我会过一种全新的生活。离过去很远，上万里了。但就在她的诗歌的节奏中，我发现，我可能不过是在换一个地方重复过去。就像诗歌，不过就是那些词汇们在不断地重复着自己而已。

那天实际是一个朗诵烧烤会。因为作为前电视台节目主持人，毛金老婆金艳也是这方面的高手。她也朗诵了些诗歌和散文，表现出不低的专业水准。让毛金和我连连感叹，娶她来加拿大就是埋没了她。

但我却只是为艾米的朗诵流了泪。我必须承认，正是她的朗诵，才让我突然更深地想起了南京和满妹。我几乎肯定地预感到，她应该和我一样，正浪迹在这乌云般的多伦多。她就在多伦多，我早晚会和她重逢。我的眼泪其实是为她流的，因为以前我说过，只要我感觉昔日重来，或者说感觉满妹重来，我就会这么默默激动。

第八章　结婚

流浪的乌鸦　今年十五岁

1

在多伦多，我没有很多的时间用来思乡。我只会像想起窗外的月亮一样短短地想想西安、合肥、南京、北京或深圳。我一个人住后，有段时间，我天天和远在美国加州的戴戴通电话。我没告诉他，我用最后的余钱买了英特尔公司的股票的原因，就是因为他在英特尔公司工作，让我感觉这个公司很亲切。

美国科技股崩溃的时候，我的那些投资也像梦境一样几乎烟消云散。英特尔股票从八十美元只扑二十美元而去。痛苦平完仓，我才对戴戴说："我投资过你们公司的股票了，死得很惨，但那感觉挺棒。"

我和戴戴很少会谈一些过去的人，但就是无论提到谁，都不会有任何恶意。通过他，我知道了王凤去美国后，也改学了电脑，现在在微软写软件。孩子都生到第三个了。还有吴柔，在漂流过好几个国家后，已经在香港定居。老水在中科院当上了研究员和博导。他把他们的电话都给了我。我一转手，那张写着号码的白纸自己就飞走了。中学同学还在铁一中我们高三的教室里搞起了聚会。只有寒风没有任何消息。

我总是约戴戴说，要一起回一次中国。我们说要一起再去爬一次黄山和华山还有长城。其实我才离开那里不久。我真的不怎么思乡。我写的第一本关于南京的小说已经在中国出版，还几次登上了畅销小说的排行榜。没人知道黄翔是谁？在简介上，我写道：黄翔，生于中国，流浪于世界，死在异乡。日期不详。

我就是那样预感自己的命运的。

那时候，我也开始用上了 MSN，一开始，我的 MSN 列表上只有杨杨一个。其实我离开科大后，就再没有和杨杨好好下过一盘围棋。现在，我知道她忙碌在进军中国最年轻的女院士的阳光大道上。所以，我开着 MSN，只为能看见她也在线就行，就是不说话，那种感觉同样很亲切。类似我偷偷去买戴戴所在的公司的股票一样。我和杨杨真的很少聊天，因为她太忙。

有一个周末，杨杨说她要给自己放假，非拉着我去网上和她下围棋。结果我和她在网上分手先下了三盘，她让我三子下了三盘，我则是全输。然后我和杨杨在 MSN 上聊了一会，她说赢我的感觉就像又回到了从前，今夜她特别快乐。

我则说，我把那民国云子也带来加拿大了。我其实挺恐惧下围棋。因为总要去分出胜负。以前和我宁老师下的那三番棋，就让我感觉，一定要分出胜负的人生，其实很残酷。

2

凭着我的新小说，我还在多伦多的一家华人报纸找到了一个做编辑的工作。这类华人报纸都是免费摆在超市和餐厅派送，一周才出一期。虽然我负责要编四个版，还要去拉些广告，但却也只能月入一千多点。报纸总编总说，我开着宝马去拉广告的效果一定很差，那样一般会有两个结果。一个就是被以为是骗子。另一个就是以为办报纸很能赚，以后大家都要抢着投身华人媒体事业了。所以，有时候，我去见客户，真的会改坐地铁或者公车去。

在周六和周日，我还继续去看披萨店。我和披萨店的老板，那时候已经非常熟悉和友好。他不再会以为我的白色宝马是偷来的了。他是一个意大利老头，总是说，我不应该移民，应该回中国去过我自己的好日子。

我反问他："什么叫好日子？"

他说："好房好车好工作好酒和好女人。这就是人生。"

我都没弄清我和艾米是怎么走到一起的。也许第一次有感觉，就是在她在安大略湖边读诗吧。那是一种很朦胧的感觉。有点类似当年我给戴戴的前女友王凤写信。

中国移民在这里其实都挺难交朋友，尤其是男人。女人好一点，她们可以跟老外约会。很多老外挺喜欢东方女性。我的披萨店老板都老头了，也总说要我给他介绍一个。我问他为何喜欢东方女人，他居然做了一个手势。我说，那你可以去找小姐呀，这里的东方女性做这行的很多。意大利老头居然连连摇头，他说，他想要爱情的感觉。

其实，我总是要在毛金家的聚会上才能见到艾米。开始，我还总觉得她读诗和做人挺做作。这让我总是想保持对她的距离。我对她的好感大部分来自于我对南大的怀念。我也很久没有跳舞了。我还做过那样一个梦，在梦中，我梦见过自己又在南大跳舞，周围却只有一个观众，那就是艾米。她抱着一本类似诗集的书，穿着落地的白色长裙。

3

艾米虽然在中国有正式的男朋友。但在这里，她也没否认，有时候会继续和异性约会。因为她在多大读书，所以，她说她总会和老外约会。还说，有一个，就差不多是情人了。有一次，在毛金家，她还把那老外男友也带来了。

然后，我就和毛金在一边偷偷打赌，我说艾米和那老外还没上过。我感觉她们是精神恋人。我有那预感。那老外挺老实，一直就一个人坐在一边发呆。昔日老处男则非说上过。然后，决定由我去证实这一点。我们的赌注是一台笔记本电脑。其实这个赌挺无聊的。因为这种问题其实很难证实。没有中国女人会大方地站出来说明，她和某男人上过没有。

我还真想得到那个笔记本电脑。我觉得要是能躺在床上用笔记本和杨杨聊天或者下围棋，一定是人间最大的快乐。在那个聚会的结束的时候，我决定上去问艾米，我总觉得艾米号称在国内有正式的男朋友，还能把别的男人带来，一定会是一种开放女性。我当着毛金的面问艾米："那个老外是你的男朋友？"

艾米点了点头。

我说："能不能问个隐私？很不礼貌的问题。看在南大校友脸上别翻脸。"

艾米说："你问吧？"

我说："我和毛金都很好奇，想知道你和那老外上没有上过床？"

艾米笑了说："上过怎么样？没上过怎么样？"

我也实话实说："上过他得到一台免费笔记本电脑，没上过我得到。"

艾米想了一下，说："黄翔你赢了。我只和他接过吻。但明天你们再问同一个问题，也许，就是毛金赢了。你赢在了时机恰当。"

我都弄不清我和艾米是怎么开始单独约会的。一开始是她老要借我的车拉她去面试。我总觉得我和她是绝对不会走到一起的。所以我和她在一起，几乎无话不谈。也许，正是寂寞惹的祸，也许正是梦境惹的祸。当我第一次吻她的时候，我和艾米都觉得很惊奇，觉得像做梦一样。

那是在一次大雪后，我开车去多大接她去另一个地方办点事情。我们一路上都没有说话，一直是古怪的沉默。最后她说她要下车的时候，我和她的嘴就碰到了一起。

艾米问我："为什么？"

她说这话的时候还是像在读诗。

我说："我想从现在开始忘记所有的过去。"

然后，我说："这下好了，我和你的关系也上升到和那老外一样了。"

艾米说："我看你这么做就是因为嫉妒他。"

我说："是，我们中国男人在加拿大最看不惯的就是老外老来霸占我们中国美女。"

我又说："还有，那你的中国男朋友呢？"

艾米说："你和他现在是竞争关系了。"

漫天飞舞的大雪则继续飘落在我的车窗，很快就盖满玻璃了。这让我的车好像变成了一个小房子。我和艾米则继续吻在一起。来加拿大后，除了接吻，我好像已经什么也不会做了。

晚上，我在 MSN 上和杨杨说话，我把艾米的照片传给她看。杨杨一边忙，一边和我聊天。她最后还说，我和艾米有夫妻相。她说："一个中国人一辈子，至少应该结一次婚，去一年国外，人生才完整。"

4

和艾米在一起的日子，让我感觉自己已经是一个没有激情的人。一开始几乎半年，我和她只有接吻的关系。我的手总是放的特绅士。其实大脑里，已经在告诉我，该去摸她了。我还总是和她提我的过去。我说得最多的就是满妹和杨杨。拿艾米的话，我像一个在写回忆录的著名老头。

我甚至像不知道一样，男人和女人如果相爱也就会发生关系。我没有那种发生关系的欲望了。我还用戴戴大学时候的精神恋爱来替自己辩护。也许，成熟男人总会有一个阶段，是最崇尚精神活动的。

我和艾米在接吻后又来往了一年才搬到一起。我们去登记结婚的那天，正好是多伦多的秋天。枫树总是分布在这个城市的各个角落。

有些枫树的叶子一直是绿的，有些是变黄，有些则是变红。那天开车去市中心，是艾米开车。坐在副驾驶位置上，我一路都在寻找那些最红的枫树。

这么多年，我终于和同学们朋友们一样步入婚姻殿堂了。对我的结婚，似乎我的亲人和朋友们都在为我高兴。杨杨从北京托朋友给我带来了一对翡翠手镯，袁星则说要趁出差来多伦多看我。戴戴说他出国后再没有拉过小提琴，但他说想在我的婚姻上为我们拉一曲。我对他说："我们没什么正式的婚礼。就是会回国看看双方的老人们吧。"

只有离婚男士胡杰不看好我的婚姻。他总觉得我和艾米不过是在多伦多搭伙过日子而已。而他在国内，虽然女人不断，却至今还没有再要结婚的念头。我总说他就是商业界的明星单身汉，类似大导演张大师，只恋不婚。

我还说："人生不就是过日子，所以结婚或者离婚甚至单身，其实都不错。"

5

我真的是在领了结婚证后，才和艾米有关系的。我们虽然已经同居了些日子，但没办手续前还是分房而睡的。有时候，我和艾米也会亲热亲到到床上去，但那还不是真正的上床。我和她在正式的婚前，很老套，最激烈也就是盖着被子听她半裸读诗。那次，我的头特晕。

她总说等一等，再去完成那一切全部情爱。我也总说要等到那一天，才走完我和艾米的情爱过程。我还有些害怕艾米以后会在婚床上的时候对我没完没了地朗诵车先生写的那部长篇诗剧。我总想象在车先生的宏大诗歌的伴奏后，我自己则会一败涂地。

艾米觉得那是我有心理障碍，她基本知道我过去的一切，知道玉米地和满妹。反正直到那天前，我和她真的还一直分被使用着各自的卧室。我那小房子正好有两个一样大的卧室。

所以，她觉得她在等我，她像一个站在河边的人，而我则是溺水者。只是，她觉得我挺迷恋溺水的。所以，她说，她会等到把我彻底捞起来的那天。

不过，那天回来后，我在床上表现得还很不错。美中不足的是，艾米放了点吉他曲做背景音乐。其实那是她诗剧朗诵录音里的音乐。她没好意思放她的诗朗诵。因为我说过，我挺怕在床上听见她的诗朗诵。我知道其中一首就叫《悲伤的叙事诗》。虽然我对艾米的诗朗诵有心理障碍，但我还是喜欢那支音乐的名字。

《悲伤的叙事曲》，多好的人生解释。

艾米把声音调到最低，低得只有在完全屏住呼吸的时候，才能听见一点旋律。那是我人生里很完美的一天，等我解完艾米的衣服后，我就没再留意到其他有关音乐或者诗歌的声音了。

我终于面对了我正式的妻子，我人生道路上以后最重要的伴侣。我和她还一直把这个时刻留到了我们领了法律文件以后。我还忽然想起来，出国后，我再没有去用手砸过任何玻璃。我觉得自己可能已经没有愤怒了，只剩下对人生和美丽女人身体的爱和迷恋，或者说是对生活和快乐的迷恋。我的伤眼的视力也在一点点的好转，尽管我已经习惯了眯着眼而多用我那只正常的眼睛。

我不得不用微风细雨来形容我和艾米的第一次。虽然以前我们也曾半裸面对过。我觉得好的激情可能就是那么平静，平静得犹如在面对梦中的爱情。我们伸开手，却无力摸到塌下来的天空。我像船靠岸一样，轻轻地和我的法定妻子艾米做爱。波浪轻轻地摇着我的船，她的手就是那缆绳。如果人生里一种会有一根只属于我的缆绳，那我就愿意那就是艾米的手，然后是艾米的身体。

不能不承认，我动作的时候，还是几次想到了满妹，还想到满妹在这种时刻的表情和呻吟声。不过，我觉得那种想没有破坏我和艾米之间的性生活。我总觉得满妹已经走得很远很远了，就是知道我这刻正在和我的女人做爱，她也会同意我这时候具体的快乐或者悲伤。

婚姻不错，那是我当时的第一感觉。

6

艾米为了和我一起回国，都差点把她的工作丢了。她说：“反正这样的工作，回来还可以找。”她已经有了所谓的加拿大工作经验，所以找工作已经不是难题。

就在回国的飞机上，我在“星岛日报”上看见了胡杰的公司的股票已经创了新低，而董事长胡杰已经失踪好几个月了。本来，我和艾米都是出国后第一次回国，心情挺激动。结果，因为这条消息，我变得非常非常难过。

我早已经知道，那几年国内股市比较低迷，但还不知道胡杰的公司，那个给了我多伦多房子和宝马车的地方，已经到了崩溃的边缘。以前，我和胡杰打电话的时候，还总说，要他和他妹妹别去温哥华，来多伦多买房子和游艇。因为安大略湖一点也不比温哥华的大海逊色。

胡杰也总说，他的前副总在多伦多卖披萨，太损害公司形象。没想到，也就那么转眼间的功夫，他自己也从天上掉到了地下。

所以，在北京一下飞机，我和艾米就买了去南京的机票。本来，我是计划先在北京看杨杨的。我还准备见见张桃花，他现在是著名节目主持人，我给他去电话的时候，他居然这么说，成功的人最难忘的却是他还没有成功时候的过去，所以他比我想他更想我。

我在南京没有找到胡杰，公司的人说他在上海，还说现在最难找的人就是他。我电话打到上海，抱出名字后还算找到了胡杰，我说："胡总，要我回来帮你吗？"胡杰笑了："别叫我胡总了，过几天，我就跑去多伦多跟你一起卖披萨了。"

我说："真的，要我回来吗？我可以卖掉多伦多的房子车子。"

胡杰苦笑着说："要是那点钱就能补公司的窟窿就好了，再说，你回来了又能做什么？亲眼看见大家崩溃，一场游戏一场梦的。"

胡杰最后说："不过不怕，以前我们不也跌倒过，虽然这次更狠，你相信你大哥我还会爬起来吧？"

我含着眼泪说："我当然信。"

这次回国，我一直都没有见到胡杰。后来想索性不见了。在南京，在艾米的同意下，我去雨花台看了满妹的父母。我给了他们五万块钱。他们一开始不收，后来我说是满妹以前放在我那里的钱他们才勉强收了。满妹的弟弟现在在南京开公交车。

我说："在加拿大，开巴士可是好工作。"满妹妈妈说他的理想也不是要在中国永远开巴士，他也想去加拿大呢。当然，他去的主要目的是找他姐姐。满妹妈妈说他满妹出国后就来过几次电话。现在他们再也没有了满妹的消息，非常担心，托我一定要去找找满妹。不然，老两口都要愁死了。

最后，他们对我说，满妹应该就是在多伦多。她刚去加拿大的时候，从那里给他们汇过两次钱。他们说的满妹的下落，其实完全在我的预感之中。

在南京的时候，我还给袁星去了电话，我们互留了 MSN，从此，我的 MSN 名单上，有了杨杨和袁星光两个旧日女友。本来，我想和她约在南大跳一次舞的。或者我去上海。出国后，我就没在真正地跳过一次舞了。但，那时候袁星刚生了一对双胞胎，一男一女的龙凤胎，一点也离不开家。

7

我回了西安，却也没有去见自己的同学和老师。我总觉得自己的人生，虽然不能说是一个完全的失败者，但也没有达到大家对一个昔日神童的巨大期望。那年，他就从这里离开故乡，回来的时候已经变成另一个陌生的半老男人。本来，听我妈妈说，总有老师和我的旧同学碰见她，说要我新出版的小说。但我自己都没有了那本小说。真不知道怎么去见故人。

但我和艾米还是一起回过一次铁一中，那是一个星期天，校园里见不到什么人。花园里的紫丁香郁郁葱葱，比我人长得还高还大。不过全是绿叶，因为已经过了花期。后来，我和艾米就坐在学校操场边的石级上，看一帮孩子踢球。

我对艾米说："中学的时候，我由于年龄小，班上分两边踢球赌冰糖葫芦，哪边也不想要我。结果我自己就苦练起一般人不想充当的守门员角色。但我又不敢真的扑出去，所以总是摆一个扑球的姿势就完。后来一次，我扑球往自己门里扑了两个。大家都埋怨我无能。以后我只就跟班上女生一伙踢球了。就那样，还老被女生王凤寒风之流带球过掉。"说到这里的时候，我愣了一下，我说到了寒风，我的那只伤眼猛然一晃，多年前玉米地的风早已无影无踪，但铁一中校园里阳光还是那么得刺激我的视线。

艾米是广州人，她的父母是离婚的。她是几年跟妈妈，几年又跟爸爸。她的爸爸再婚了，妈妈却没有。法律上，她则是判给爸爸的。在广州，我们请了二十几桌，两边的亲戚朋友和艾米小时候的同学都来了。只是，她爸爸喝多了后，突然对大家说："我女婿他小时候是科大神童，十五岁就上大学了。"

那一刻我觉得我特别难堪，特别难受。我真的很不愿意我妻子的朋友亲戚们知道这些。然后，我就冲进厕所用手砸了玻璃。这是我移民后第一次旧病复发。艾米特担心。她觉得我在国外挺好，都很正常，从没砸过玻璃了。所以就急着要一起回多伦多。

我们还是去北京坐回去的飞机。那天艾米去见老同学，我则一个人去中科院看杨杨。事先，我没有给杨杨去电话。我和杨杨没有那种久别重逢的感觉。因为我们总能在 MSN 上看见对方。

那刻，她戴着眼镜，站在五六个一群大概是她的硕士博士间。她是其中最娇小也最有风度的一个，宛如我梦中永远的那只白色小鸟。

8

我上前拥住了她，当着她的学生们面。我还在心里又一次深深地吻了她。我完完全全地想起来了，我的确在南京玄武湖边吻过杨杨，可以肯定地说，那就是我和她人生里的初吻。于是，在她的学生们面前，我想象着自己用心灵吻她的眼睛和头发。如果人生是一场没完没了的舞会，我愿意一直就这么拥着她跳到老去和死去。后来等我回了加拿大，杨杨在MSN上对我说，那天，她的学生们等我走了后，都跟她开玩笑，说我，是他们老板的海外蓝颜。

我则说："我和你杨杨的关系可不止蓝颜红颜，我们既是师父徒弟，还是暧昧同窗，更是一生老友。以后你的中国版《居里夫人传》里，要把我写成男主角。"

杨杨说："我的传记的男主角是我先生。你只能当男二号。"

我说："哎，你终于忘记了我们俩才是初吻。"

然后杨杨打出一个红脸的符号，久久没有再说一句。

在北京，我还见了老水和张桃花的制片人老婆。老水在北大当教授，他比杨杨还差一点，我见他的那年，他还没有当上博导，一年后他也是了。

老水，给我的感觉是，中国新一代教授特开明也挺开放。他在日本和美国都做过博士后，简直比我还了解西方世界。老水，这个少年时代最喜欢抨击中国应试教育体制的人目前正成为这种体制的受益者和维护者。还有一点他和我也很接近，那就是寒风终于都成为了我们记忆中最深最黑最淡漠的地方。

张桃花则正好在云南做节目。他托他老婆用奔驰 600 接我去北京饭店吃饭。还送给我几张刻录了他主持节目的精彩片段的 DVD。

我感谢之余，竟然当着艾米的面，向他老婆说出，当年就是我揭发的张桃花，害得他受了处分。我没有说张桃花受处分的具体细节。我觉得他老婆应该不知道。我只是说，让他老婆代他接受我深深的歉意。我当时真是无意的，害他背了处分。

9

出国的人，可能最快乐的时候，就是荣归中国的时候。所以，有段时间，我最嫉妒的人就是那些能一年一回中国的人。他们飞越大海就像我去多伦多边的那些卫星城市那么简单。我觉得我的首次回国回得挺低调，我可能只是为了回去向祖国人民和父母们说一声，我黄翔终于永别了过去，有媳妇了。

以前，说到我，爸爸总说，我是全班第一个上大学的，却有可能是最后结婚的。我的同学们孩子都不小了。连晚婚的戴戴的女儿也上幼儿园了。他们总是把我的迟迟未婚和我小时候的跳级联系到一起，说真后悔让我跳级和去读少年班。

国内一日千里的变化，还是让我和艾米觉得特感慨。总觉得国内人山人海，到处水泥森林。同学们亲戚们的话题不是房子就是车子的。

人生中最让人迷惑的可能就是那些匆匆忙忙的来回，和地铁一样，一闪而过，转眼已是另一个车站。总之，在飞机上，当我看着那些云海，不得不说，多少豆蔻年华，转眼已成空山。

我回多伦多不久，胡杰也来了。他是来这里躲债的。或者说，他是想让他的心情也有个地方躲一躲。他去美国看过他的混血女儿后就来了这里。对我说，是来替我去卖披萨。其实，我和艾米结婚后，因为艾米有专业工作，我已经不再去卖披萨了。我们的家庭收入也赶上了加拿大中产阶级的平均水平。

有一天，我带胡杰去安大略湖玩，我们特地租了一条游艇。以前，我记得胡杰说要我帮他在温哥华专职洗他的私人游艇的。现在，随着胡杰公司股票泡沫的破碎，那条承诺中的豪华游庭，也成了南柯一梦。

本来，胡杰想租帆船。他说他喜欢帆船。但我们根本就不会驾帆船。

胡杰，脱口而出说："我们不会就雇人呀。雇人总会吧？我喜欢帆船那种风帆飘要飘的感觉。"

看来，他都习惯雇人做一切事情了。在这里，帆船都是这里的有钱人玩的东西。可能就根本不出租。加拿大，普通人也玩得起小游艇，但在帆船俱乐部里，就应该都是些真富豪了，真的上流阶级了吧。那些帆船条条价值不菲，开出湖去，真的威风。

我们租的是一条有点旧的游艇。我们在游艇上还架了三根鱼竿，一整天却一条也没钓上来。傍晚到要还船的时候，胡杰还一个劲要往美国方向开。

我说："要回去了。"

胡杰说："我是美国人，我不想回你们加拿大。"

胡杰在我这里住了半年，最后还是回了中国。最脆弱的时候，他说有一天他都想跳地铁了。他觉得被地铁撞飞一定很壮烈。那一刻，在地铁艺术家们凄凉的音乐声中，他真的觉得人生本来就是一场空，商场更是如此。

那天，在地铁车站胡杰给我打来电话说：“黄翔，看来你不仅是年少时候聪明过，实际上你长大了也不笨。你还是有预感呀，所以，你预感到公司就要垮了远走了加拿大对不对？”

我听出他的语气特低落，我说：“我当时决定来加拿大真的不是因为预感，和公司前景无关。是因为想改变下自己的人生。”

胡杰说：“那你再预感下我，是不是这次真的死期到了？”

我想都没想就说：“我预感你会再次站起来，而且比以前任何时候都强大。我昨天做梦都梦见你开着巨大的金色帆船回到了多伦多。”

说实话，我当时并没有那种预感。只不过是想安慰他。平心而论，就是我，都不敢去设想他这次还能再站起来。这次的窟窿太大了。

最终他并没有在多伦多跳地铁，在他的美女妹妹的呼唤下，胡杰又一次毅然返回了中国。

胡杰说：“这次回去，如果真判起来，会弄个十年二十年的。”但他还是决定回去，他不想让他妹妹一个人扔在旋涡里。

他走的时候，我给他买了机票，还硬塞给他了二万加币，那刻我恨自己在加拿大没本事能赚到什么大钱，那二万加币有一万都已经是从银行借来的。

胡杰东山再起仅仅是两三年的事情。对于他能再次站起来，全中国人可能都会奇怪，但我不会。一度，我也想跟他回去干一番事业的。我总觉得不能让他一个人去从零开始。只是艾米不同意我回去，因为她说她一个人住一套空荡荡的房子会睡不着，一方面是害怕，一方面是失眠。就是朗诵诗歌也没用。她习惯我住在她的身体的一侧了。

10

有一些日子了，我还真以为我在加拿大已经领略到了生活的真谛。我开始习惯并且喜欢我的异国生涯了。对中国我只有想念，而不想归去。

我和艾米甚至开始计划换了一个大一点还一点的房子。那个房子起码大到要能容纳三四代人。但我总觉得马上抛弃这个小房子的感觉很坏，因为这也意味着也要抛弃花园里的那些越开越好的紫丁香。与其说我舍不得那个房子，还不如说我其实是舍不得那些我记忆深处的紫丁香。

我和艾米还对什么时候要孩子存有巨大争议。艾米想马上就要孩子，而我不想。毕竟，岁月如梭，我和艾米都已是年过三十的人了。有人说这还算青年，但我总觉得我都快过了半个世纪了。

每次做爱，我都坚持必须认认真真地使用避孕套。哪怕因为亲热了一半，突然要停下来去寻找或者使用那套子而影响性爱的兴致。你想，在激情上来的那个关键时刻，你总要用一个塑料东西去为自己情爱用具穿戴一番，然后才能开始，那的确有些扫兴。

我不想马上要孩子的原因是我还没彻底想通。我总这么想，两个南大名校之后，我还是号称昔日陕西神童，下围棋还赢过全国第一代神童中的代表人物宁老师。那我和艾米的孩子一定也笨不了。但我总怕孩子会变成我以前的样子。我非常非常的怕。我怕他比我年少时代还要聪明。艾米对我这么想很吃惊，她觉得我是我心灵深处的人生阴影太多了。她说，她可以等我。而我则总对艾米说：“等我完全准备好了再要孩子吧。我不想把我自己的古怪遗传给他。”

婚姻是什么？婚姻就是接受命运的安排，在命运的安排下，过命运吧。或者说，我真的也就快等到我自己想要孩子的那天了。加拿大要我们移民去，不就是想要我们为这个国家生孩子吗？我和艾米都已经宣誓加入这个国家了，那就应该去为这个地大人少的地方做点贡献吧。

但是，命运总是在我的梦境里，早对我做好了另一些安排。你可以假设，如果不这样，不那样，我们就好了。但是，谁又能用胳膊拧过命运的大腿呢。就是胡杰的几起几落，除去他的个人奋斗，我也总那么想，他的传奇，也是命运的安排。

再或许，在梦境中，我对我的人生还是有预感的。所以，我才坚持没要孩子。

11

多大教授毛金也成了所谓跨国搬运工，的确，这有些出乎我的预感。

不管怎样，毛金都是成功移民的典范了。他有好工作大房子，开着宝马 X5。一般，也就是一些混的不好的大陆男移民为国内美女出国或者女留学生拿身份做做跳板，当当搬运工。所以，当毛金对我说，他要和金艳离婚的时候，我还是很惊讶的。毛金还对我说，他第一个告诉的是我，他一年内还不想告诉自己的爸爸妈妈。我感觉出毛金情绪的特别低落。都觉得自己不知道要怎么才能安慰他。

我说:“要不我也离婚吧，和你一起做单身。”骨头里，结婚的男人其实都渴望自由。至今，毛金也说不出来金艳为什么要和他离婚。他总觉得是她对西方世界和他都太理想化了，理想破灭了就要离开。我则以为，他们离婚的真正原因是性生活不和谐。

因为要为报纸写文章，我和不少和老外有过关系的中国女人交谈过，她们总说，和老外做完爱，就不想和中国男人做了。其中一个这么解释说，老外把性爱当享受，中国男人不仅能力不行，而且心理负担太大，把做爱当成了生命中不能承受之重。我则觉得那是移民后中国男人压力大的缘故，当然由于传统文化，技巧上面也不如老外奔放自如。

所以，我把毛金的离婚归罪于性生活。但毛金却说不完全是。他觉得自己在床上的表现完全合格。虽然离婚了，他倒觉得自己也不冤枉，就算是当了回搬运工，也是挺值。有时候，毛金还会把他的婚姻的失败归罪于他的神童生涯，他总觉得他那么小就去寒窗苦读真的影响了他一生的心理健康了。离婚后，他更加同意我的观点，那就是一定让你的孩子自然长大，就是他聪明过人也千万不要去拔苗助长。因为一个人的心灵的年龄，是需要一年一年一日一日地成熟，去跳级，去早熟，都是不人道的，也会遭报复的。

离婚后，毛金觉得他和金艳还会是好朋友。签了协议后，毛金说他和金艳还常来往，有的时候也还上床，但做的感觉和夫妻时候完全不一样了。金艳离婚没怎么分家里的钱。看来她是真的不拜金。她说她要的是自由，来到了自由国家索性就彻底自由下。

金艳离婚后，进了多大读传媒的硕士。不过，没出我的预感，以后，她就只和西方白人约会了。

离婚对毛金打击挺大。有段时间，他对我说他真的开始招了几回妓，也不再和她们谈人生和数学了。

还有一次，他叫我陪他去看脱衣舞。他说那个地方全是华人和亚洲女人的脱衣舞娘，他已经去过三四次了。他说我来加拿大这么久，应该去看一次，享受下私舞。他还说："你放心，我只用半年的时间来适应我的离婚生活，半年后，我会回到我原来的人生轨迹上。"

我给艾米打电话说去陪毛金散心。她问我："去干什么？"

我说："去看华人脱衣舞。"

12

命运就这么安排了我和满妹的故事。真的当时没任何预感。就在那个以华人和亚洲女人为主的脱衣舞厅，我和满妹终于事隔多年，在异国他乡突然相遇。

也许，她真的就是我的人生地图，我总要在有她的地方真正地找到她。以前有些梦里，我也梦见过满妹的背影，还有她的声音，总是闪烁在多伦多的某个角落里。但这回不是梦。

当时，我和毛金进去后，就坐在了门口的一个角落里。我们要了啤酒和咖啡。一边看喝咖啡还有啤酒，一边看我们亚洲姐妹跳脱衣舞的感觉很怪异。

毛金对我说："我头一次，和那个上门清纯妓女谈人生的时候，她跳给我看，我就有那感觉，看比去做更享受。不过，现在我喜欢看我们东方女人。"

我出国以后，还真的是第一次进这种地方。以前，在电影里好看见这些场面，总觉得这么去看还不如直接去做。真的看到了，到觉得一点也没什么，你就当她是一个忘记穿衣服或者嫌衣服不合身的舞蹈演员，或者就当她是一个有裸露癖有表演欲的大美人。那样我的感觉就平静也很多，觉得和去看一场没有故事情节的电影一样。

其实就在满妹进来的时候，我就知道那女人肯定是她。当时，我就觉得很惊慌，想马上站起来就走。满妹推门进来的时候，风把我的衣服都掀了起来。我低下头，怕她看出我。真的，当时的第一感觉，就想拔腿就走。现在，我的多伦多日子过得还算不错。我和艾米的婚姻也只刚刚开始。

我低着头的时候，还在安慰自己，也许，满妹只是这家脱衣舞厅的老板，或者只是女招待之类，她肯定不会是脱衣舞娘。

当满妹上台跳的时候，我真的不愿意抬眼去看。以前我喜欢眯着一只眼看东西，当毛金招呼我，说现在跳的女人是他最欣赏的一个舞娘的时候，我干脆眯起了两只眼睛。不过我还是看见了她慢舞的裸体，这样的裸体以前反复出现在我的人生和梦境中，如今，过了这么多年，又在多伦多一起突然出现在我和毛金以及其他客人的眼里。

毛金对我说，她正是这里最红的舞娘，每次表演完，等着她跳私舞的人排成队。他也让她跳过一次私舞。那次一共跳了二十支曲子。让他感觉，让真正会跳舞的女人脱光了在自己的腿上跳那可真是好享受。

毛金还说，今天，等她在台上跳完，他还想请她去包间跳私舞，如果我喜欢，就先让放她给我跳。或者让她给我们两个人跳，就不知道她一个人给两个人跳是如何收费。他觉得好的东西，就应该朋友们来一起分享。

分享！NBA 官方宣传篮球艺术的时候，也是老要提到这个词。篮球里的分享就是传球。

听到这里，我终于忍不住跳了起来，夺门而去。

第九章　再遇

云和雪总是难分难解

1

我已经记不清自己和毛金是怎么离开那家以华人和亚洲女人为主角的脱衣舞厅的。我只记得自己的头很晕。外面的风很大，吹的我一阵眼花。

我觉得我像走进少年时代的玉米地一样走进了停车场。然后在停车场先企图砸毛金的宝马车的玻璃，然后则真的砸了自己的宝马的后窗。

那一次，我的手居然没流血，然后我开着破了车后窗的车子一路狂奔回家，还连闯了两个红灯，觉得自己真的成了一匹脱缰的白色野马。

我并没有告诉毛金，那个已经为她跳过二十曲私舞的女人，就是我以前住在他家的时候跟他提过的我在南京时候的“逃跑的新娘”。

我以前曾多次预感我过自己会在多伦多与满妹邂逅，我总是这么做梦，梦见我和妻子艾米从白色宝马车上下来，然后就和满妹面对面了。当然，这辆白色宝马这时候也已经越来越旧了，不再是一匹年轻的白马。

但我怎么也没有预感到，满妹是这么几乎要赤裸着跳动着，坐在我朋友的腿上，然后和我在这异国他乡的多伦多重逢。一连几天，我都吃不下东西，也睡不着，弄得艾米以为我病了，或者是精神上病了。

我总是呆呆地坐在电脑前，看着 MSN 上亮着的两个人，杨杨和袁星。但我连和她们俩说说话的欲望都没有，就是她俩和我打招呼，我也不想回答。有几天，我企图在我的记忆或者梦境中完全消灭满妹这两个字的符号。我告诉自己，那个做脱衣舞娘的女人不是满妹，是别的女人。或者，我就根本没去过脱衣舞厅。再或者，我人生中就从来没有过满妹这个女人，这一切都是我的梦境。

我真的强迫过自己根本不要去想这件事了。我在多伦多已经有了我不错的人生。但一周后，我还是忍不住开车去了那个脱衣舞厅。

2

我就在停车场的车里坐了一夜。我没进去。因为我真的怕和满妹就那么面对面上。那时候，我会怎样？告诉她，我在多伦多过得挺不错？我结婚了。在这里安居乐业了。我的妻子比我赚得多，所以我们要换更好的房子了。

我在心里反复地模拟那些见面时候可能会说的话。然后，大概十二点后，我看见满妹从舞厅里出来，她上了一辆停在门口的车，那是一辆很旧的日本破车，不再是她以前在国内时候使用的白色宝马。也许，开车的人就是她在这里的男人。倒是我，那个被她抛弃的男人，目前正坐在一辆已经不再崭新的白宝马车。到了这时刻，我不得不承认，我在温哥华，想都没想就买了这白色宝马，潜意识里，就是为了和满妹重逢。

我那一夜不归让艾米急了。她真的生我气了。她打了几乎上百次我的手机，但我关了手机。她说她本来准备报警的。她本来就觉得那段时间，我太不正常了。她开始以为我是精神有毛病的，神童生涯把我骨子里变成了一个真正的怪胎。现在，我终于爆发了。

于是，艾米也开始对抗我。她开始在床上不停地朗诵南大的残疾朦胧诗人车先生为她写的诗剧，有时候还故意这么刺激说，说她人生最后悔的事情，就是没和车先生上床。她说话的时候一直在观察我的反映。因为她感觉到是女人把我刺激成那样的。她的感觉总是对的。

在艾米做作的诗朗诵声音中，我还是就那么几乎不吃不睡，呆呆地坐在电脑前。那时刻，我忽然觉得我的人生戛然而止，几乎一动不动了。有一会，我还试图去给校花刘兵再写一封会被烧了的情书。我和艾米第一次接吻后，我就再没有想过要写那东西了。我真的是一点点实际的事情也不想要做了。

在梦里，我觉得人是不会这么停下来的。我还去掐自己的肉，也是没有任何痛感。我开始分不清是真实还是梦境。觉得自己完全糊涂了。

人生难道就是一个永远不能醒来的大梦？我决定去让自己这个梦完全醒过来。又一天，我终于再次走进了那个脱衣舞厅。

3

那天我带了一个巨大的墨镜，我还是不想马上被满妹认出来。然后我就一个人缩在了一个角落里。我坐的样子可能太团缩太特别了。我实在无法坐得像一个正常的客人那样。其间，一个穿的超超短裙的女招待还来问我，她问："你是不是病了。"

我摇了摇头。

我坐了几个小时后，才看见满妹出场，她在台上跳了一支曲子后，就下去了。估计去后面包间跳私舞了。因为她跳的时候，似乎已经有两个人在下面跟她打手势了。看来她真的在这里挺红。她也要三十多了，但从身体和容貌上，远远地看上去，还真得一如南京我刚认识她的时候那样青春，美丽逼人。

其间，前后有三个舞娘，坐来我的身边问我要不要私舞服务。我还是继续摇头。看不见满妹好像让我还舒服了些。我开始摘下墨镜，用手去揉自己的那只伤眼。就那时刻，我感觉身边又坐下了一个女人，她坐下的时候带着一阵冷风。

然后，她用中文对我说："这位先生，你要私舞吗？"我不用抬头，就知道，是满妹来了。我低了好一阵头，觉得要那么抬起来一下，真的那么沉重。从她语气里，我也知道她已经认出我了。

我用了可能好几分钟或者更长的时间才抬起头，我羞愧得不行，好像是我沦落在这里跳脱衣舞或者满妹也是因为我的原因才出现在这样的地方。

满妹在多伦多对我说的第二句话是："其实，你第一次和你的一个朋友来这里，我就认出你了。”

我抬头后心头猛然一酸，因为我看见她的眼睛中有泪光。我只用一只好眼睛，就清清楚楚地看见了那层悲伤的液体。

4

“哎！要是你还跟着胖子，起码不用来跳这个呀。”这是我开口在多伦多对已经多年不见的满妹说的第一句话。

满妹说：“算我求你了，别问我为什么好吗？你到外面的车上等我。”

那天晚上的时间过得真慢，好像一晚上要过很多个二十四个小时，可能是因为我和满妹总是默默无语的原因。

近到了身边，我再次看见了满妹脸上带着那种沧桑感。在车上，我忍不住去摸了她的脸。车的后座，摆着我前天夜里采来的一把无名野花，已经干枯。

然后，我开车去了满妹住的地方。她就租住在附近的一家地下室里，不过能独门出入。我沿着台阶走下去。猛然间想说点什么，却又把话活生生咽了回去。当时我想问她：“你是一个人住这里还是一家人。”

而她则在做手势叫我小声点，她说：“楼上也住着舞厅的人。”

人生中的梦境，就是这么突然把我真实的生活完全覆盖。那夜，我和满妹做了一整夜的爱。我抱住她的时候，有一种抱住了水中落月的寒冷感和紧迫感。我被这种寒冷和紧迫深深地折磨，人生中，我们总是这么屈服于自己的身体和过去。

当满妹在上面的时候，我甚至幻想自己是一匹流落草原多年的野马，她附下身的时候，一头乱发盖住了我的脸。于是，我脸上的泪水就开始轻轻滑落，或者那是她的泪水。在那刻，我忘记了人生中我还有在家等待我归去的妻子，忘记我的明天，是不是还会属于这样一个让我悲伤与快乐交加的梦境。

积蓄多年的能量似乎在爆发。每一次，满妹都用眼神来问我，我知道她在问我是快乐还是悲伤。等天快亮的时候，我终于想说话了，我想回答她用眼神提的那个问题。那就是，这个夜晚，无论是快乐或者悲伤，我都愿意，这么深情地和她永远做爱。

5

我在满妹那里住了三天，她也没有去跳舞。我给家里打电话，结果是录音。我就对艾米留言，说我有点事情，暂时不能回家。

那三天，我们也没有全部用来做爱。有些时间段，满妹的神情里有种厌倦。我知道，因为她的职业，她对男人的抚摸已经有一种生理上的反感。

我们也开始了断断续续的交谈。从她的话里，我知道了她在多伦多的一些故事。她离开深圳来这里的时候，没带多少钱。因为她没能把那别墅卖掉。胖子不让她离开，使她没有时间也没有机会去处理那个房子。

但她决心离开，就什么也管不了了。在多伦多，她是用假结婚混到了这里的身份。因为她还是戒不了，这里的费用又高，所有后来就欠了别人不少钱。别人以为她还是胖子的情人才肯借钱给她。

她再没有给胖子打过电话。所以，现在只好去跳舞还债。

她说："再跳两年，就可以基本还清了。"不过，她还告诉我："这两年拼命跳舞，让我不知道怎么，就不想吸了。"因为她觉得跳舞赚的钱太血汗，让她不忍心再去吸。她真的戒掉了。

我说："跳舞很赚钱吗？"

满妹说："那也是合法劳动。你别看不起这个职业。人家加拿大政府的技术移民里还有桌上舞这一种呢。"

我说："看他们也没把你关起来，你为啥不跑？"

满妹一撇嘴说："我欠了人家钱，我是不会跑的。我在这里一年差不多见也能赚十万，我能还。只要我戒了，就肯定能还清。"

我说："那我能为你做什么呢？"

满妹笑了，说："我落难的时候你去哪里了？现在还能做什么？做爱呀。其实，我最喜欢还是和你做爱。要不是我吸上了，我早回南京和你结婚了。"

最后一天，我还是决定要回家了。我又拨了家里的电话，依然是留言电话。我还拨艾米的手机，也是关机。让我开始有点担心艾米了。临走时候，我对满妹才说："我在这里结婚了。"

满妹说："那有孩子吗？"

我说："还没有。"

满妹说："那你老婆漂亮吗？"

我说："没你漂亮。"

满妹叹了口气："总比我好。什么女人都比我好。我是五毒女人。"

我上车先送她去脱衣舞厅然后回家。一路上，我再没说话。

在满妹临下车时候，我还是忍不住问她：“你欠别人多少钱？”

满妹笑了，说：“你想替我还吗？不告诉你。”然后她的身影一闪，消失在了那舞厅的大门后。

6

回到家，我只看见了艾米留的一个纸条，上面写着说她去美国度假了。三个星期后回来。有话等她回来再谈。

然后，我就一连在家睡了三天。直到报社打来的电话，把我叫醒。报社老板说都已经给我打过几十次电话了，还以为我真的死了。他还问我是不是不想做这个工作了。我说：“等我考虑考虑吧。”

真是一晃，我在这家华人小报已经做了不少年了。

吃了点东西后，我又睡了下去。我开始觉得人生里最美好的事情，就是一个人睡觉。也许是和满妹做爱让我感到太空洞了，再也许，可能我真的感觉到，一个人无忧无虑地睡大觉其实比和满妹做爱还美好。

我没等到艾米回来就做了决定，我要替满妹还钱。我不想让她在遇见我以后还要去跳脱衣舞。她是我生命中最重要的一个女人。以前，我为她就屈服过很多次。现在，我想用这一次，把以前的都赎回来。

唯一的遗憾，就是我现在手头基本没有任何现金。还有，我的胡杰大哥那时候也还没有来得及东山再起。

我先去银行，问了用我的房子，做二次贷款能贷多少钱。然后我就又去了那家脱衣厅，等满妹出来。我那天第一次在加拿大穿我从国内带来的黑色西服，感觉就像上战场一样。我远远地看见满妹后就向她鸣了车喇叭。等她坐进来，我很正式很严重地对她说："满妹，你明天不要来跳舞了。"满妹说："不行呀，那二黑哥会杀了我的。"

7

满妹欠的钱，有点高利贷性质。直到现在，她一共是欠了十八万块。但一年的利息就有四万块。其实就是十八万也是利滚利滚来的。她所说的二黑哥就是那家舞厅的老板。以前他是靠种大麻发达的。满妹说，他在这里的华人圈子可是一个响当当的名人，黑白通吃。他还扣了满妹的证件，彻底把满妹当成了摇钱树。

满妹问我："那你哪来这么多的钱？"

我说："那你就别问了。"

满妹说："那等我回深圳卖了那房子就还你好吗？我跟二黑哥说过回去卖了房子换钱，但他不相信。他还好几次用枪指过我的头。"

第一次是在一家咖啡馆见二黑哥。他还带了两个戴墨镜的大汉。他们不时会凑在一起说点广东话。我没让满妹一起来。

我和他谈得很不好。他说，要我拿二十三万才能带人走。我说："不是十八万吗？"二黑哥说："还有利息，她走了以后舞厅的损失，她可是头牌，很多老顾客就是冲她才来的。另外还有，当年我两次把她从里面保出来的人情费。"

第二次去的时候，是一周后，我带了枪。我想起满妹说的二黑哥老用枪指她的头的事情。这把小枪我是托我一个有点黑道背景的朋友用八百块买的。我没时间去弄合法的持枪证了。以前我一直想去弄持枪证的。因为我对我的射击技术挺自豪也挺怀念。

我又问了好几家银行，我的房子和车子做抵押，最多则可以贷到二十五万。但我不想给他这么多。我不想自己又一次成为软蛋。我设想过二黑哥掏枪来指我的头，这些香港拍黑社会的电影里老有这些镜头。我想我将不会再害怕，我现在已经是一个三十多岁的大男人了。我不会让自己的女人和自己的眼睛再受伤。所以，我花了那八百块买了那把黑枪，还有一把子弹。

第二次就在那家脱衣舞厅的地下室里面谈，我和二黑哥都沉默了很久，像是在猜测对方的底牌。但当满妹进来后，我突然有了那种前所未有的冲动，我想起面前这个所谓的多伦多黑社会分子曾经就那么用枪去指满妹。我觉得我所有人生中的愤怒和勇敢一下子都来临了。

我一把掏出了枪，指住了二黑哥的头，像以前在南京警察学校练枪指靶子那样。

我说："我他妈老子就只有十九万！最多十九万。"我拿枪的时候，忽然觉得我过去的一切，玉米地、科大考试不及格、海滩和胖子的搏斗啥的，那些我人生里的全部阴影都消失了。我觉得自己成了一个演员，为自己的梦而演勇敢的戏。我挺激动，真的觉得自己有扣扳的勇气了。不就是一死吗？大家一起死还热闹点。

那瞬间，我还回忆过自己一生中所有的懦弱，我开始嘲笑过去的自己。谁说我是不一个顶天立地的汉子的，现在，我在用枪指着多伦多的黑社会分子呢。请大家为记者朋友让一让，让他们来这里拍下我的英姿。我总算成了一个自己战胜了自己的大男人了。

没想到，二黑哥却用非常轻蔑地看着我说："哈哈哈！你一小知识分子小技术移民，还敢冲我掏枪？老子在老山前线的时候，枪林弹雨也没缩过脖子。你有本事就扣。现在跟你说，涨价了，我要你二十五万。"

我似乎真的扣了下去，似乎也没有。总之我的眼前一黑，有东西重重地砸在了我的后脑上。然后我听见了满妹的哭声。然后我就进去了一个真正黑暗无底的大梦。我在梦里像鱼一样游动，然后我看见天空中，有美人在白云里在叫我，说："黄翔，你开车飞上来吗。我们这个天堂国家好人全开宝马。"

8

都说那天晚上的故事不过是我人生中一个永远无法证实的噩梦。因为等我又一次清醒地走在多伦多的大街上后，似乎什么也没有发生过。多伦多是那么平静和无聊。

我的生活中似乎也没有过任何和枪有关的细节。只是当我打开自己的电脑，我发现我的银行账号上，真的少去了十九万用车子和房子贷来的钱。

我必须继续去用力回想那些事实或者梦境。人生某些的过程就是梦境。我实际上是贷了二十三万。现在账号上还剩下了四万。

艾米回来后，一连几周都没有和我说话，就是我和她说话，她也只当没听见。她还坚持睡在我的隔壁房间。晚上，我可以听到她隐约的诗朗诵的声音。还有音乐，那其中一首吉他曲叫《悲伤的叙事诗》，我正是用这个名字做了这本如山又如绸的梦境的老书的题记。

有一天，我睡起来后，发现艾米已经不在家里了。我在那天的梦里其实就预感到了她的离去。因为我似乎闻到了她身体的味道在我的梦里一点点的就那么彻底消失着。有一阵，我觉得她的离去，其实是对我的解脱。因为我真的不知道应该去怎么解释，那些天里发生的故事。

我甚至记起，艾米回来的时刻，我正和满妹躺在了自己家的大床上，床头的花瓶里是艾米从安大略湖边采来制干的芦花。然后，满妹就走了。她走得像一阵风，就像我在那家舞厅第一次看见她从门外进来的时候的那种风一样。我还记起了，满妹最后对我说，要我等她从国内回来。我则坚持要开车去送她去机场。但怎么也从床上坐不起来。

然后，我看见艾米毫无表情地站在了门边，她在满妹走后，轻轻地关上了门，轻得就像那门是用旧报纸糊的纸门那样。

9

其实，对于我想扣动扳机那一瞬间以前的记忆，我基本还是清晰的。但以后的，我真的完全想不起来。我只记得，那一刻，我真的有点万念俱灰。我总觉得我这一生，自从小时候跳级以后就一直很窝囊。因为从此我是和一些比我高半头的人做起了同学。就那时候，我开始觉得人生让我感觉特别压抑。考试考个前几名，对我以后的人生的有意义吗？因为活着，不是一种要被打分的考试。

在艾米走后，我在桌上找到一张纸条。她这么写道：“黄翔，我们离婚吧。我不想和一个躯壳成为人生伴侣。我没有得到过你的心。

我要去另一个城市温哥华了。为我祝福吧。等我回来我们办手续。不过，我们还会是朋友吗？一生的朋友。祝你幸福快乐。”离婚，和结婚，就是悲伤和快乐半了手续后的关系吗？

也许，我太自私了。我一生都在寻找我过去时候却缺乏或者失败的东西。但我同时都在伤害自己和他人。我活着，从中国到多伦多，我和我的影子一起活着。爱情是什么？爱情可能就是那本老书，老得不行，你却还要常常去翻阅不停。

那我和艾米有爱情吗？当我看着电脑，看着账号上少去的十九万，我开始觉得我和艾米就算是有爱情，也被我彻底毁掉了。我在飞蛾扑火的时候，同时焚毁了自己的巢。我没有资格再和艾米谈论爱情或者其他有关婚姻的问题。

我在伤害自己生活的同时，更深地伤害了这个无辜的女人。这个女人曾经是我三年的妻子。所以，只要我想起艾米，就会觉得，别人评价的国内那些只会考试学不好做人的神童长大后成为生活的怪胎的评价都没错。

对于艾米，我就是那个永远都不能被原谅的人生怪胎。

10

没有了艾米，现实上，我的电脑账户上，也同时少了那每个月两次，一次一千五百块的税后收入。我去报社求老板继续收留我。我说前一段时间，我发病了。现在病好了，我需要工作，需要钱。但是当月底，那些账单像雪片一样飞来后，我发现我赚的根本不够家庭的开支。因为除了养车和养房，我还要支付我那二十万贷款的利息。

我本来贷了二十三万。我提前还了三万，所以还有二十万的贷款。但就是这二十万完全压垮了我。

还有，那段时间，我还开始学着老外，一周里三四天去我家街角的小酒吧喝酒。债多不愁了。我觉得我一定得喝点啥，才有勇气，能从所有梦境中挣出来，并且就这么轻松忘掉现实中的困境。我去的多了后，酒吧老板，一个白人老太说，要是她哪个夜晚看不见我，她就会为那个夜晚感到失望。

她喜欢和我谈谈中国，因为我是她的酒吧里第一个中国人常客。还有就是她从没有去过中国，却看见在多伦多，无数中国移民已经像大雪纷飞一样飞临这里。

这样，我的口袋里总是会囊空如洗。我觉得又要去和刚来多伦多一样去寻找第二份工作。不过，忽然间，我感觉自己已经变得很懒。我开始喜欢长睡和恋床。睡起来后就去酒吧坐坐。女人们都走了，就让我爱爱自己的床吧。

总之，我是一点也不想工作了。我喝酒的时候就想念中国，在中国，我更像一个有为青年。我还对酒吧老太老板说，我以前在中国还是神童。她一时不明白神童是什么？我带去我写的小说，对她说那是我十三岁时候写的。

老太老板惊叹道，十三岁的时候，她还在英国老家，考试得个A就会欣喜若狂。她还说她最崇拜的就是作家。没想到我十三岁的时候就是作家了。

每次喝完酒从酒吧回家的时候，我都会对生活有一种极度满足感。不管怎样，我念过两个不同的大学，爱上过许多完全不同的女人，我还结过婚离过婚移过民，还为女人被别人打坏了眼睛和轰瘫在了深圳的海滩边，我还用枪指过多伦多的黑社会分子。真的，我的人生除了没有一个孩子外，真的挺完整挺传奇了。

11

那段时间，我真的一点也不想工作了。我给自己寻找的借口是，我要有时间去酝酿和创作一本有关我如山有如绸的梦境的老小说。我的人生最重要的部分就是这些可以用吉他曲《悲伤的叙事诗》做背景的复杂梦境。我要为爱过我和被我爱过我的人和伤害过我和我伤害过的人写这本东西。我称之为那是我的老书。

在我的记忆里，能被称为老书的，其实就是“文革”前《三国演义》、《水浒》、《西游记》、《说岳全传》之类的小人书。我喜欢看见那些画面上用框框框起来的对话，以后再出的版本我都不喜欢。因为那些对话用的是简体字而不是繁体字。我知道，用繁体字才代表老画、老版本和老书。

所以，在我的梦境中，我是在用一些繁体字在对你们讲述我的梦境。

我还专门去问过社区中心的华人社工。我要怎么才能享受资本主义的福利制度。我关在家里写老书，能不能就可以申领福利金？听说，很多华人，不干活，一个月也可以拿九百块。社工则微笑地让我填过一个会员表后，告诉我，有房还有车是基本根本不可能的时候，当然也有例外。而且银行账号上不能多过一千块。当然，写所谓老书也不可能成为申请理由。老外能看懂你在写啥呀？他还以为你在练打字呢。

现在我只有一条符合条件，就是银行账号上不到一千块余额。

就那刻，我开始希望，我的房子和车子就在一夜间自己消失吧。省得我花钱去养它们。开白色宝马，现在也一点意思也没有了。那个需要我在多伦多用白色宝马去接的人风一样飘走了，我预感她再也不会回来了。

我的信用卡也被我透支得出现了问题。一切好像回到了我刚买房子的时候。钱钱钱，暂时代替梦境重新成为我人生里最大的难题。

12

因为我总不能按期归还利息。银行先是扣押了我的车，然后来信说，将要拍卖我的房子了。因为我的经济垮了。我没有了任何信用。

就要失去那个房子，却并不让我十分伤心。上个星期，还有人对那房子开了枪，子弹穿过了玻璃后射进了天花板。一共打了三发。那应该是一种示威性的枪击。警察来了以后问我最近和谁有过节，我则直摇头。但我知道那是因为过去我用枪顶过那位黑社会分子的原因。所以，现在尽管花园里丁香依然茂盛，但我是一点也不喜欢和不留恋这房子了。

为了能拍个好价格，我还亲手补好了那枪眼。然后，我给毛金打电话，说我又要回到他的房子了，和我刚到多伦多一样。但我会给他按时交房租的。毛金则哈哈大笑说：“欢迎你正式加入加拿大神童离婚俱乐部。”

毛金离婚的时候，金艳没有要求分那其实部分产权还属于银行的那个大房子。她只带走了宝马车。于是，现在的毛教授，又开始开一辆日本车，不过这次他买的是凌指400。他说要对离婚的自己好一点。

我住在自己那很快就要不属于我的房子里，继续等待故事新的发展。我开始计划搬家。忽然间，我开始觉得人生就是美梦一场。我不勇敢，我却有家有妻；我勇敢了，却在这里失去了我所有的女人，接着失去自己的房子和车子。

但我马上就有了申领社会福利金的资格。那样，我不用工作，还可以每月弄到九百块。我计划一个月就给毛金五百块，作为我的房租和伙食费。那样我还会有不少零花钱，还可以去和他一起再看看脱衣舞也没问题。那里要是不要私舞，最低消费只要五块钱。你只要花了五块钱，买杯啤酒或者咖啡，就可以看个整夜也没人赶你。

但就在银行要拍卖我的房子的前夕，我接到了满妹从国内打来的电话。她要我告诉她我银行的账号。她说："我把深圳的房子卖掉了。我要给你汇钱。"

我没有拒绝满妹的好意，一五一十地对她说了四遍我银行的账号。只是，我自己设计好的生活就这样又一次被我这支人生中不灭的火焰改变了。我有钱还银行了，我可以要回我早已经跑了九万公里的旧宝马和所谓多伦多最小最便宜的别墅。

我问满妹："那你还回来吗？"

她说："想回多伦多，但觉得还是中国好。所以，想回南京在父母身边买个房子了。"

我说："你可以两边住住。现在，你不吸了，多好。"

然后，我在电话里听见满妹长长的叹息。

最后她说："在这里，我没有回到胖子那里。我会有我自己的新生活了、梦一样的新生活。请你放心。真的放心。谢谢你！"

人生就是梦，连没文化的满妹也开始同意我的这个观点，甚至连杨杨有一次MSN上也同意了我这一观点。这是我在重逢满妹又失去满妹后第一次和杨杨在网上说话。那一天，她说她梦见过去了。还梦见我和她在月亮的松树下下围棋。

我对她说："我离婚了。"

她想了半天，居然打出了"生活真是做梦"这六个字。

然后她说："其实我也挺想离婚的。一个人的生活多精彩。"

我说："你是祖国未来的伟大科学家，为了祖国的科学事业你不能离。看我，离了，最后一个女人也走了。一个人的生活才是坟墓。"

杨杨说："想开点吧。如果你愿意，把我算成你的女人吧。"

我想了半天，打了一句："别开玩笑了。你就要是大院士了。我几生也高攀不起的。"

杨杨则说："高攀不起就删了我。"

我答道："不删！永远不。"

就关了电脑。

第十章　暖冬

疯狂的宁静

人生的车站飘起来了

1

也不怕你们笑话我，出来这么多年，直到今天，我依然在为一个月要赚两千块而奋斗。这是我在加拿大有房有车的生活的最低线。这也是我的加拿大移民生活的所有精华内容。除了继续混在那个毫不主流，摆在华人超市免费派送的华人报纸，我还尝试过去华人餐厅洗盘子，去华人装修公司帮人装修花园铺草地种果树，和去巧克力厂包装巧克力之类的工作。而且为了能赚好这两千块，我也一再推迟了我写这本有关生活是否是梦境的老小说的时间表。

一度，我过得简单但快乐，甚至觉得自己已经没有必要再去写这么一本小说去提醒别人如何正确对待自己的孩子，和提醒他们要给孩子一个自然生长的环境。直在有一天去参加毛金家的圣诞派对，我才发现我目前这样的月入两千块的生活的缺点。我已经没有了为广大人类做更大的贡献的觉悟了。

那天毛金家云集了不少多伦多华人杰出移民。有医生，律师，多大女教授。其中还有一个看起来像是中年妇女的女人，毛金向我介绍那也是我们少年班时候的同学，还说她至今未婚，是多大医学院的医生兼教授。

我看着面前这个略显害羞胜情的女人，却怎么也想不起一丝一毫来。我就问她，还和杨杨有联系吗？她说大学时候她和杨杨住过一个宿舍呢。那些人不愧为是成功移民，他们大多一副已经完全混入加拿大主流生活的派头。当有人提到是否还感觉加拿大有种族歧视的时候，其中两个人都说，他们其实挺歧视白人的。

更有一个教授说，他才是真正的加拿大主人。买了房子有了地以后，他更加觉得自己才是加拿大的主人，未来和希望。

当别人问我，在多伦多干什么的时候，连毛金也在替我打哈哈，还说我正研究人类的种种梦境，把我说得像一个心理学家。

于是，我挺郁闷地端着杯酒一个人坐在角落里反思起我的人生起来。不管怎样，想当年，我不也曾经和毛金一样聪明过呀。就那会，我不得不挺怀疑人生的意思的。对比他们，也许我真是一个失败者。但我觉得我就算失败了，那失败的过程，也是一种精彩。起码，我敢用枪指过多伦多的黑社会分子。起码，我爱过像满妹那样的烈火和地图。起码，我还想继续做梦，在梦中完成这本如山又如绸的老故事。

2

那一年新年的时候，我还接到了胡杰报喜的电话。其实，我在网络上早已知道了一些他的事迹，他终于又在中国站了起来。他已经还清了以前所有的欠债，银行，民间的，补上了所有窟窿。被传媒体评为当年最感动中国的商人之一。有名文章的名字就叫《中国商人的良心》，说他还有勇气，有信誉，还有能力去还，才是一种真正的人类良心。

胡杰的新公司总部设在了上海。现在的董事长和总裁都是挂着他妹妹的名字。胡杰的名片上则只印了顾问这个头衔。但他对我说，还是他在主持大局。他说女人适合在台前，他则愿意在幕后。最后，他对我说："还是老话，你要是混不下去，就回来吧。中国，才是我们的舞台。我的公司，会永远留着你的位置。"

于是在他的召唤下，我还真的回中国住了一年。别人则都在多伦多传说，我已经海归了。其实回去那一年，是南大百年校庆，本来，我和艾米说好，要一起回去看同学和南大的。没有了艾米，我还是决定要回去看看。

临走的时候，我突然头脑有些发昏，我忽然害怕艾米或者满妹回突然来多伦多，找回这个家。于是，我就在门上贴了一个牌子，上面写着，毛金家的电话并说明钥匙在毛金家。其实，预感告诉我，她们俩是不会回来的。

我把房子交给了毛金看管。毛金居然开玩笑说要把那空房子拿去出租赚钱。我说，就让它空着吧。一个房子空着的感觉多哲学和奇妙。

我还想，一个房子完全空了不就是房子有空间去做梦了吗？我还委托了公司帮我剪草和在冬天铲雪。这方面，我不能麻烦人家毛教授。他在多伦多已经够受我的折磨了。

3

再一次回到中国，给我的感觉和上一次很不同。我开始觉得中国人开始变得比西方人还进步和开放。中国，终于开始大踏步，全方位地追赶世界了。一时，我都觉得挺受刺激，觉得自己真成了一个时代的落伍者。

不过，就有一点，我开始觉得目前的部分国人，变得有点浮躁。让我觉得不怎么适应。网络上流行的东西，很多都是渣子和垃圾。

在南大的时候，除了一些大学同学，我只见到一个想见的故人那就是袁星。胡杰作为历年中文系最成功者，他没有亲自前来，那会他正在美国联系他的公司分拆在纳斯达克上市的事情。但他派来了一个美丽的女秘书全权代表。他还捐了钱在学校设立了胡杰奖学金。作为他公司的前副总，那个美丽的女秘书对我很客气，总说胡杰老在她面前提我和他的过去的故事。并说，她还代表胡杰对我发出正式的邀请，要我重出江湖，去上海重操旧业。

当然，著名主持人张桃花也成了同学和老师们的话题，不过他也没有来，只学着中央台春节晚会里的情节，给学校和系里拍来了贺电。那段时间，网上风传，他陷入了一间离奇的性丑闻。一个五十多岁的大妈到处张贴帖子，说那是张桃花给他写的情书。

感叹之余，我找袁星又去南大跳了两场舞。我和袁星是约好了在百年校庆的时候在南大相见的。我们还约好了同住在一家酒店。

也许，是庆祝的狂热感染了我。我在舞蹈余兴的驱使下，我去了那酒店另一层的袁星的房间。我还带了一把我在南大校园采的无名野花。那一夜我和她都感觉非常快乐。原来从友谊出发的性爱也可以带来这样的快乐。

可能真的也有些日子了，我再没有过正常的性生活。那夜，我被袁星形容成了在床上跳马拉松舞的男人。

她还说："也许早该这样了。也许根本就不应该这样。"

我不知道怎么去解释我和她的关系，我们终于从生活中跳到了床上。但那一夜真的非常完美。如果不是因为她已婚，我可能都会说一些求婚之类的梦话。也许，说我和她有爱情是一种牵强。但对于已经要人到中年的男女，像揭掉一些人生的标签一样揭掉一些枷锁，做一些自然而然的事情，其实也是一种进步。

和袁星在床上的时候，我一次次地我脑海中想念我人生中所有和我有关特殊关系的女人们。她们都是我天生的人生里的秘密花园和秘密山脉。我还想到三个和我还没有过这种关系的女人，一个叫寒风，人间早没有了消息。一个叫刘兵，她成了我永远的意淫的对象，一个叫杨杨，自称也是我人生中的女人。

4

在南京，我没有去看满妹的父母，连一个电话也没打。因为我真的担心自己会在那里遇到她或者起码得到她的消息。她已经还钱给我，她不再欠我了，我也不再欠她了。我和她的故事应该彻底结束了。我真想着就这么，让她在我的人生中彻底消失，那会是一种很奇妙的享受。

有的时候，我还会羡慕真正的老人。在花甲年代回忆年轻时候的真爱，那种感觉一定很温柔也很细腻。

我去上海的时候，胡杰依然还在美国奔波。胡杰的妹妹则在金茂请我吃了饭。她似乎不是很欢迎我返回胡杰公司。她对我有一种很深的成见。在饭局中，她老说，我黄翔像是一个生活中的梦中人。而她和胡杰都是真正做事业的。所以他们才有了今天。在他们艰苦奋斗的时候，我则躲在了遥远的加拿大多伦多。她说她挺怕我把她都传染得恍惚起来，人性中每个人都会有忧郁的时刻，还说我会让她觉得任何辉煌其实原来也会是南柯一梦。

我则说，他们能东山再起，真是中国商业界的奇迹，也是他们的良心起了决定性的作用。几年不见，胡杰的妹妹脸上的沧桑感也多了起来，以前她的那种简单可读的美丽开始变换成另一种质地的美丽。她现在的美丽挺成熟挺冷漠也挺深沉，让人感慨。

她说："其实这几年很难很难的，最难的时候，我和胡杰出差，两个人挤二十块钱一间的小旅馆，等去见人又换成五星级宾馆。不像你，总在多伦多过着歌舞升平的日子。"

我知道她在讽刺我的多伦多生活。我和满妹的故事在胡杰嘴里则浓缩成了："一个中国移民在多伦多和脱衣舞女的交易。"我和艾米的离婚则是："在一个自由的世界一定别让自己陷在婚姻陷阱中。"我也不想对她解释自己。我知道，她把我看成了和她和胡杰的不同种人。

但我忍不住还是对她说："其实你们不了解我，在我用枪去指别人脑袋之前，我的人生同样艰难过。"

5

在上海，我就住在胡杰公司自己的酒店里，里面的金碧辉煌，让我想起传说中厦门一个叫“红楼”的地方。临离开上海，胡杰的美女秘书还专程给我送来了一包现金，大概五万美元，说这是胡总在美国专门吩咐她一定要做的。还说要是我缺钱就尽管再开口。美女秘书说：“这算是你以前在我们公司工作时候漏发的年终奖。”

看我有些沉默，那美女秘书又很甜美地说：“我们胡总说他人生里最想的就是你能飞回来和他在黄埔江边煮酒论英雄。以前他老说，他还有最后一个理想，那就是退休了去多伦多的安大略湖，买条大大大的帆船，和你开船钓鱼。”

我则说：“你对胡杰说再回公司工作我看就真的不必了，我已经野惯了，受不了公司里的那些约束了。”

美女秘书还说：“我看那些成功的人，好像最不能忘的好像就是旧人。”我抽了五百美元在酒店附近的一家店里给胡杰的美女秘书买了一个包。

我对她挥挥手说：“你千万别谢我，这其实是你老板胡杰的钱。”

我让胡杰秘书给胡杰带了一个收条，上面写着我收到了他的钱，还写着，只要他愿意，我任何时间都会回来为他和他的公司写传记。我可以不写我的梦境，但可以为他写有关良心的传记。钱则作为我预支的稿费好了。最后，我真心诚意地祝他生意兴隆，人生幸福。

离开上海，我回了西安。我是坐火车回的。我喜欢坐火车穿越中国。年轻时候，我不就是那么坐着火车远去他乡求学的吗？在火车上，我又一次感觉昔日重来，在过秦岭的长隧道的时候，我也再次热泪盈眶。所有的梦境，在真正的黑暗中其实非常清晰。

我在西安整整住了几乎一年。人到中年，才回到父母身边的感觉是又烦恼又平静又羞愧。我像那个做错了事情的小孩子一样，总是坐在他们的身边，一言不发。

在西安的时候，一度我想找人学学武，起码学一下太极拳。我的祖父，据说那时候可是一代国手。总在黄昏的时候，在西安的暮色中我会在一个接近梦境的状态下看见我那国民党上校武术教官的老祖父。他继续飞檐走壁的来往天堂和人间。他一直不让他的后代学武，所以我的父亲也是不会一点武术的传统中国知识分子。

我还想，如果我从小就学了武，学了太极神功，是不是我的人生就会是另外一种道路。我的一切故事，也会重新改写。我为自己的这种假设而默默激动着。也许另一个人生更好点。不过好与坏，对我来说是没意义的。早说过了，我的词典里，快乐和悲伤是同义词。

6

去临潼的时候是老水开车来接我去的。看见骊山和石榴园的时候我被老水看见了眼中的泪花，他一边开车，一边说：“黄翔你怎么像个归国老华侨。”

老水那会正好在西安。我们俩在华清池外转了半天也没进去。我问老水：“以前我们玩的九龙汤就不知道现在被改造成什么样子了？”

我和他后来还是决定要去爬一下骊山。我们挑了一条小时候走的小山路，逃票的感觉让我们俩都有昔日重来的感觉。我真的太喜欢那种在旧日地方的外围走来走去的感觉。真的走进去，反而有点慌张。我还想，如果我的余生全部是这些和旧生活接近的内容，就好了。

老水还跟我说到了杨杨，他和她总会在一些国际国内的科学会议上见面。他说他见杨杨说到我的时候，杨杨老是叹息。我们还说到美国的戴戴，说他的房子最近升值要价值一百万美元了。

也许，真的该去北京和杨杨下一盘棋了。我总想，也许我的围棋技艺没有进步，但我的人生还是进步了，我再也不是当年那可在科大考不及格，跳舞踩她脚的西安毛孩子了。我长大了，虽然出乎了大多数人的预料，但我从没后悔。

在骊山顶上的时候，我和老水一人租了一匹马骑，我对他："我以前做过类似的梦。"当马在山路上小跑起来后，已经是博导的老水教授紧张得老死，倒是我，觉得在马上的很舒服，那是一种骑马过白云的诗情画意。

在马上我对他说："我的爷爷以前是国民党上校武术教官，我的台湾亲戚最近给家里寄来他那时候骑着高头大马的老照片。真神气。那张发黄的照片上的军马感觉可比这马挺拔激烈。"

7

但直到离开中国，我也没再真正去看杨杨。我只给她打过几个电话，托老水给她带去了我在西安一个文物拍卖会上拍得的一副明朝山水画。

那画号称是国家三级文物，是不能携带出境的。我举了五次牌，对那画我是势在必得。

买那画花去了我身边几乎所有的钱，包括胡杰给我的五万美元。我买那张画的原因太简单，因为那画上的高山的松树下，画了两个下棋的老人，美中不足的，画的不是一男一女是两个男人。我漂泊了半辈子了，却还没遇见过那所谓的玉围棋，就拿这古画代替玉围棋吧。

我真的没有去北京见杨杨。不久，传来了她成为院士的喜讯。我总怕我和袁星在南京的故事会在我和杨杨身上重演。其实，内心深处我又何尝不想让这种美梦成真呢。

这一生我就那么伤害过不少人了。我想要是我和杨杨做爱也许也会伤害她的。和袁星的那会，我开始觉得这句话可能不是真理，那就是："我觉得两个相互喜欢的男女，一定应该上床，不然对不起自己的人生。"

这句话，拿到我和杨杨身上，似乎就不恰当。

因为我以为我和杨杨的关系远不止相互喜欢。所以我总觉得我可以和袁星做的事情，就不一定能和杨杨做。我这么胡思乱想着，让自己觉得自己的心灵深处其实很病态。在我的人生里，思考我和杨杨能不能上床这问题也许已经上万次了。每当我有人生如梦的感觉的时候，我总会去思量这个问题。这个问题，对我来说，真的太沉重。

等我终于花完了钱，口袋里全空了的时候，就觉得到了那离别的时刻了。花完所有的钱，给我的感觉是挺爽，那种味道有点像《红楼梦》中的“白茫茫的大地真干净”。两袖清风，也是一种不错的人生状态。

我没有给我爸爸妈妈留什么钱，他们总说不需要，说我在国外赚钱才艰难。国家对他们还真不错，老给他们加工资。他们说，他们俩的退休工资在西安是怎么花了花不完，还号称要给我未来的孩子存上大学的学费。我则说：“那孩子也许就永远不会出现了。”

我还问他们要不要去国外看看。也被他们无情拒绝了。他们说，他们不像我们年轻人，他们就觉得是自己的家乡自己的祖国好，死也要死在西安的黄土高坡上了。

终于，我开始觉得自己的未来已经属于另一个也叫故乡的地方，在那里，我虽然寂寞孤单，但却会慢慢过完这一生。这一生，有关梦境的部分已经太多。回到多伦多，第一件事情，就是决心少做梦。

也许，我真的已经不适应国内的生活，就是住在宁静偏远的西安，我也总觉得中国开放进步的热气会透过门窗，渗进我无穷无尽的想象里。中国发展太快了，而我的自我发展则太慢了。我喜欢上老东西了，像喜欢那些“文革”前的繁体字小人书那样深深地喜欢过去。

8

其实还是对大家说实话吧。在中国，我还是试图去找过满妹和杨杨。我在西安失踪过三个月，就是去做这两件事情了。

但我只是达到了南京和北京，其实在那里，我和谁也没有联系，。我让自己享受那种寻找的感觉。作为普通人，行走在日新月异的中国的城市的感觉真好。在多伦多，城市的变化是非常缓慢的。

在南京的时候，我给满妹家打过电话，是满妹的妈妈接的电话。听到她的声音，我就挂了电话。因为从她的声音里，我似乎听到了，生活正正常着，一切正正常着。满妹已经真正地戒毒成功，无论是在国外还是国内，她会有一个不错的人生了，她的噩梦应该结束了。

在北京，我则找去了杨杨的家。以前我有过这个地址。杨杨让我给她写信时候给我的。虽然我一封手写的信也没写过，但我一直保留着那个地址。我在她家门站了很久。我还带了我在路边采的野花。我听见里面传来争吵声。听到男人在责怪自己的老婆心不在家里。

对于中国最年轻的女院士，丈夫似乎不应该责怪她的事业心太重。后来我听见了杨杨的哭泣声。这还是我第一次感觉到生活中的杨杨也会哭泣。她以前给我的感觉永远是自信和快乐。

我想了半天，还是没有敲门。我怕她丈夫见了我会责怪我，吸引过杨杨的心。一般人，如何能理解我和杨杨的关系。

我退到楼下，忽然间觉得自己很悲伤，人生太悲伤了。我来北京这么一趟，居然就听见了杨杨的哭泣。一切可能不过就是在做梦吧。北京的夜色真浑。月亮看起来都有种黄黄的感觉。也许，在心灵深处，我和杨杨的棋局早已结束。

胜负是一种装饰品。

胜负还是一种结局。

9

再次回到多伦多的感觉，真的给了我到家的感觉。在飞机上，飞越加拿大原野和海洋的时候，我就有点急不可待。回国一年，给我的印象就是，我真的已经变成了故乡的客人了。中国不是从前的中国了，我也不是从前的我了。

回来后，我还是常去街角的那家酒吧喝酒。我回国这一年，没想到那里已经换了老板。一个中国女人买下了它。结果，一开始生意不是很好。老外还不适应一个中国人来打理他们的小酒吧。后来生意又慢慢好了起来，因为中国人卖酒，便宜。

我就是在那里认识我所谓我生命里的最后一个女人安娜的。我很喜欢和她在一起双双对望，默默无语的感觉。有时候，我也还会给校花刘兵写写要烧的情书。我已经把那件事情当成了有关我对汉字的练习的游戏。反正安娜也看不懂中国字。

一度，我以为我会和安娜永远同居下去。我觉得我和她在身体都太默契也太合适。用句俗话，就是大小一切都合适。有时候，我们在家里，两个人也喝酒。那时候我们会点蜡烛。还说到冬天的时候，会点壁炉。

结果，没到冬天，安娜就离开了我。当我问她理由，她的回答是没有理由。老外，没有了感觉就没有了。也许，只有中国人，才会过度怀旧。

那年底，戴戴一家也来多伦多做客。他已经有了两个女儿。大的据说也有点神童兮兮。才八岁就能做高中的数学物理题目。戴戴还带来了小提琴。但他一直没拿出来。我和他只谈股票房地产和北美的汽车市场。后来还谈到滑雪，身在炎热的加州，戴戴居然还有这个爱好。他冬天的时候总喜欢飞去滑雪胜地消磨假期。

后来他也想引导我说说过去，说到寒风，我们俩就一下子都沉默了。

10

在 MSN 上，我则继续和杨杨保持着联系。我没有告诉她我正在写这本有着我和她的大量的故事的小说的事情。有一段时间，我甚至想放弃出版，我不想她的博士和硕士会在宿舍里看见这本有他们老板隐私的小说。现代社会，人们最喜欢对号入座。我也不想她的丈夫会看见这本书，那时候他肯定会指责是我用古画带走了杨杨的心。

但我还是决定如实地写下我的故事。这样的故事，我只会写一遍。人生中，丑陋的东西，我都不怕别人看见，美好的，就更不怕了。

在网上，我还边写边贴我的故事。一度，我想把这个小说起一个和神童有关的名字。但一个网络读者马上指责我，说我写的根本不是神童故事。科大的神童，成功得多。她说我写的就是梦境。所以，我一直在想为这么一个梦境起一个合适的名字，写到结尾了还没有一个确切的答案。

暖冬终于变成了严冬了。最近，多伦多的温度最低已经零下十八度。花园和四周都积满了雪。雪还没停，松鼠和野鸟们也会跑出来觅食。

一个人就这么坐在电脑前，但我觉得我的心灵深处的冬天已经结束。

11

如果，我对你说，我自己就是一个虚构的梦，那你又会有怎样的反映？是浪费了你的人生去读一本虚构的故事。还是和我一样，在暖冬里抢在大雪封门之前，做了一个温暖舒服的好梦？

如果这世界上根本没有杨杨，满妹那样的女人，你会不会怪我让你在这么一个曲折的梦境中走了太远的路。其实，就昨天，我还接到了满妹的电话。

她对我说："上个月我差点结婚。"

我说："那为什么没结？"

她说："这一生我都在想结婚，以前在跟你，现在想跟别人，最后，干脆不结。"

她告诉我现在她来往与深圳和南京两地，在深圳，她开了一家很大的美容院，度过一年的创业艰难期后，现在生意还不错。

不错就好。

今天，我又接到了艾米的电话。我接她电话的时候，正在听吉他曲《悲伤的叙事曲》。她对我说，最近她挺寂寞，想我有时间去温哥华看她。她了解我，知道我不会赚钱很多。所以她说她会帮我订好机票。

我说："好吧。"

杨杨也给我来了电子邮件。说她最近要去欧洲开会，然后会去美国，或者会来多伦多几天。她还没来过加拿大。

还有安娜，说要回来取走她最后忘记拿的几件东西。

不知为什么，在我即将结束对这个梦境的描写的时候，我的女人们几乎在同时，都突然都想起了我。这感觉拿南京话说，很意怪。

那曲其实并不悲伤的《悲伤的叙事曲》，这几天我都听了上千遍了，也没有厌倦。我还想到我刚刚烧了给校花刘兵写的游戏情书。我想了半天，觉得还是什么也不想更干脆。

然后我望着室外的银色世界，想，这世界不管在现实里还是在梦境中，其实都是那么美好。我不能病态了。我要真正地爱那些人，爱那个被大雪暂时掩盖的美好世界。

12

不管怎么。无论是快乐还是悲伤，我觉得自己总还有梦。有梦就好，没梦的话，我这个人也许就真的全完了。虽然我对自己说要少做梦了，但我对自己活着的人生底线依然还是要有梦。

最近我还找了一个教几个大学生老外中文的工作，一个小时二十块。我一共有三个学生，两男一女。都是单独辅导。第一课，我都是一个内容，老一套。

那就是教他们梦这个字。我对他们解释，中国的梦的，从构成上，就是夕阳照在树林间。如果用测字的手法，那可以这么解释，就是一个老人在回忆他一生的女人。中国人比喻妻子是一棵树，其他女人就是森林。人生的一大哲理就是为了森林，别在一棵树上吊死。他们则听得半明半白。我给他们布置的作业，就是，回去写一篇有关梦的作文。我还说，要是回答自己没有梦或者不做梦，就别做我的学生了。我不赚没梦的老外的加币。

不过，他们三个对梦倒没那么好奇，却都好奇我说的测字。我说那东西类似吉卜塞人的扑克算命。他们都说要我为他们测一测字。

我说，让他们回家后，写一个第一感觉到的汉字带来给我。我还说我为他们的测字将在中文课后进行，是全免费的。是我的中文教学的免费项目。

其实，我从没有对自己测过字，因为我不信。

我还把小说在没写完的时候，就发给我的小说的编辑。我喜欢她在充满了错别字和病句的文章里被我的梦境迷惑。那些错字，也许才是正确的字。管不了那么多，能那么看见我的草稿，是折磨也是快乐。

就要写完最后一句，阳光大好。照得雪地，反光一层层地弥漫着。我走到了家门口。我发现我的门外有几行脚印。昨夜，是谁在我门外徘徊。也许是安娜。也许是送信的邮递员。也许就是我自己，或者是穿着鞋子的动物。

不管是谁，这个世界，今天，清晨已过。

后　记

时间或许是这些奇怪小说的浮云。

离开中国有些年了，但总觉得自己生活在多伦多，其实就是生活在以前一个没有结束的长梦里，没有任何实质上的变化。大学时代曾经狂热地喜欢写诗，为此开过十几门功课的红灯。不知不觉那样的疯狂时代已经烟消云散。

我一直曾以为纯粹文学是离我内心最近的东西，为此，我错过了自己人生中很多的车站。上世纪80年代末，那时候，我和自己斜斜的影子一起走在北京的大街上。当时跟随一个现在的福布斯争议富翁孙宏斌，那一年我二十二岁，但心里牢记却是那些不知所云的诗歌。

在珠海，我又跟随过另一个福布斯争议富翁史玉柱，但我心里依然把文学才当成真正的老板。要问我现在有没有后悔，我不会明确告诉你。但我会说，文学，让我错过的车站，其实虽不诗意，但也是一些人性深处最柔软也最美好的地方。而且，我从这些人类非文学大师身上学到的东西，是历代文学大师们没有的。

从放弃诗歌写作到写小说，其实是我对现实和人生的妥协。

《欲望船》是我第一个长篇，当年畅销过，但不能不说是运气而不是实力。以后也写过几个长篇，但《南京，我的夜生活》的出版及极其不顺利，也打击过我的文学信念。

我坚持过，但我更会放弃，包括离开自己的家园。我的经历曲折，即便就是一个会写小说的人，都难以自圆其说。但我依然会说，如果让我自由而不功利地选择表达自己表述这个世界的载体，我还是会选诗歌。那种东西简练，痛快，是心灵里最高的山脉。

人可能是要走很多弯路，才会觉得自己没白活。来到加拿大，依然给我这个感觉，也使我更加怀念我的小说能流传的地方。我已经很多年不再写诗。出国后，也只写了两个长篇小说。《活在多伦多》由上海东方出版社出版。他们还再版了《欲望船》，但这个关于神童的小说却流浪了数年。

小说披着文字在曲折地奔波着，伴随着它们沧桑漂泊和已经不得不宠辱不惊的主人。于是，我终于学着明白，文学的秘密和动听已经开始离我越来越远了。我知道，其实，是我们内心深处对一些美妙的故事的渴望在熄灭。我们生活在了时间之外的小说里，却日益冷漠自己最珍贵的如朋友们般的小说。

说说我如何开始写《浮云落在多伦多》的吧。我在多伦多的华人网站认识一个文采极好的叫“非吾”的版主，他是前科大神童。十八岁就在北京读研究生了。如今，他生活在渥太华，有很好的房子和事业，当过西人公司的CEO。他在网上贴过一些帖子，回忆他在科大的生活，里面有一个和他成天下棋的小神童师妹，他们的友谊淳朴感人，很让我感触。这是我小说中让我自己最喜欢的女神童杨杨的原型。

他的真实往事让我想起了我当年中学的同桌陕西神童，他十二岁考上少年班，后来却受到同学的嫉妒和排挤，经常被关在宿舍外，睡在走廊里，他自己也不适应独立的大学生活，最后悲凉地转学回了西安的大学。还有我联想时候的好朋友毛劲松，他二十岁就是联想的分公司经理，如今则在美国硅谷漂泊。而我自己，十六岁也离家千里，去上名校南京大学。各种感悟和回忆，使我有了想写这个神童故事的渴望。我真的想告诉大家，超前教育有很多弊病。人生漫长，不全是考试和文凭。一个好的人生，首先应该是一个健康的人生，身体上的健康和心理上的健康。超前教育虽然可以发掘孩子智力上的潜能，但对他们的身心健康发育肯定不利。例如我自己，在大学时候，留了一级也还是结业。

在写作过程中，我在海外文学网站也连载过这个神童故事，当时就不断有少年班的毕业生跳出来，指责我丑化了少年班。他们那么直接固执的指责，恰恰让我看到他们心智上的不成熟。这些孩子太早地被推进了人生大竞争大考试的行列。

小说里的观点，就是我的观点。我的孩子，我一定要让他自然而然地长大。包括所有的生命，甚至是文学理想，阅读和交流，一切的一切都应该是自由和自然的才舒服。

有时候，我曾以为文学是我这一生的最大的一个错误，如同我写的这个神童他的早熟智商也是他人生的错误。

这是一个经济危机的大时代，虽然，我们精神世界的危机开始得更早。十几年前，当我还在写作《欲望船》的时候，曾断言这是一个消灭精神家园的年代。现在，我想更改我这一说法。因为如果一个梦一首诗一部小说就能轻易打开精神世界的天窗，那这种虚无缥缈的所谓的精神家园也太简单，不可能被物质世界轻易消灭。精神家园会永远会活在我们每个人的内心深处。

随着时代的发展，人们开始倾向去活在自己生活的细节里，任何文学或者艺术都将成为他们私人生活的陪衬。博客或者交友空间甚至一点点短的微博也成为取代传统文学的新世界，每个参与的人都成为自己的小说家和诗人，成为自己的主宰。所以我以为的小说家们已经成为了一种新型工人，建造新世界的特别建筑工。

另外，对于一个流行低俗艺术或者抄袭文人的国度，我也早已经不再对自己的这件工业品抱有以往的期望。危机改变了时代，悬崖上面只有少数坚强的人则让我惊奇，所以我耐心地为你们新世界的云房子制造着云瓦片，我平静地讲述着这些故事，哪怕只有东风来聆听。

世界是奇妙的，哪怕危机几乎会毁灭它；人生也是奇妙的，哪怕文学并不能真正地温暖我们孤独的人生。感谢你们这些远道而来看我的家庭小工业制造的这部产品。感谢你们，我最后的读者，我的小说因为你们的参与而随雪飞扬，融化人间。